薄《はく》明《みょう》

渡辺徹也
WATANABE Tetsuya

文芸社

浩一は自宅の手前に来ると、いつものように立ち止まり、深く息を吸い吐くことを繰り返した。傍《はた》から見ると深呼吸しているように見えるが、彼自身にとっては溜息であり、気持ちを切り替えるための儀式かもしれない。時刻は九時を回っており、非常勤の仕事を始めてからは日が暮れると家にいることが多い日常の中では、遅い帰宅であった。久しぶりに旧知の仕事仲間と会い、酒量が増えていたのか、覚束ない足取りであった。ポストの中の手紙類を鷲掴みにして、玄関を開けると仰向けになって眠り込んでしまった。

しばらくして、ようやく帰宅に気がついた妻の奈穂子がやってきて、無造作に浩一の両脇に手を入れて引きずり、リビングのソファーに浩一を座らせると、奥のほうへ戻っていった。

三〇分ほどして、目が覚めた浩一は、手にした郵便物の束を眺めだした。すると、これまで取っている新聞社以外の新たな夕刊紙が紛れ込んでいた。おまけに、見覚えのない証券会社や旅行会社の郵便物が交ざっていた。まだボーッとしてはっきりしない。それに無性にのどが渇いていたので、水を飲もうとキッチンへ向かうと、奈穂子が待ちかねたように、テーブルの前に座っていた。慌ただしくコップへ水を注ぎ飲み干すと、やっと気を確かに取り戻すことができた。

「これ、なんだよ。どうして、新聞を二紙も取る必要があるんだ」

浩一は奈穂子を詰《なじ》り始めた。

「それに、この証券会社や保険会社の封書は何なんだよ、全然見覚えがない」

奈穂子は、まるで、浩一の問いかけを意に介していないかのように、悠長とした態度であった。

「その新聞、あの方が勝手にお取りになったの、ご存じなかったのね」

「あの方って、母さんのことを、またそんな言い方をして……」

水を飲んで一息ついたのか、浩一は、冷蔵庫から取り出した缶ビールを開けて飲み始めた。

「なんで今頃、新聞取ったりするんだろう」

「さあ、何をお考えなのか、さっぱり分かりませんね。私たちへの当てつけかと思ってましたけど、ひょっとすると取っていることもご存じないかもしれませんよ」

「それ、どういうことなんだ？」

「あなたね、前々から言おうと思っていたんだけど、あの方、最近老人特有の症状がひどくなってきているんだけど」

「老人特有って、物忘れとか、なに？　認知症になっているというのか」

「認知症かどうか、さあ、どうなんでしょう。ただ、物忘れはかなりひどくなっているんじゃないでしょうか。それに、なんだか気分の波も激しくって、ぶつぶつ独り言を言って、いつもイライラしている感じなんですけどね」

「イライラって、どっちかと言うと、昔からせっかちなところはあったけど、それが老人特有の症状とどう関係あるんだ？　それに、物忘れなんて感じたことないけど。俺とは普通に会話できていておかしいところなんかないだろ」

浩一は、人気ブランドの冷えたビールがよほど美味しかったのか、冷蔵庫から新たな缶ビールを取り出した。

「なんか大げさだな、ただの年相応の物忘れだろ」

それまで頬杖をついて聞いていた奈穂子は、居住まいを正すと、

「あなた、ちょうどいい機会だから、ここに座ってちゃんと話を聞いてもらえませんか」

と言って、浩一から開けたばかりの缶ビールを取り上げた。

「何するんだよ、急に改まって、話って？」

「あのね、あなたはほとんど家にいないから気がつかないかもしれませんけど、あの方の最近の変化は目に余るものがありますよ。間違いなく認知症ですよ。それも、かなり進行しているかもしれません」

「分からない、そんなこと言われても、ピンとこない。どういうことなんだ?」

「確かに、いきなりこんなこと言われても理解できないかもしれませんね。じゃあ、説明しますよ。たとえば、この新聞の件、どう思います? あの方が勝手に注文したんですけど、これで三回目なんですよ。そのたびに店のほうへ断りの電話を入れたんですけど、さすがに同じ店に二回目の断りはできないので、仕方なく取ることにしたんですよ」

「ふーん、それは知らなかった、そんなことがあったのか」

「それに、あなたが持ってきたこの郵便物、何だか分かります?」

「何って、確かに見覚えのないものばかりだな」

「そうですよ、あの方、一年ほど前から資産運用が大事とか言い出して、証券会社の投資案内とか集め始めているんですよ。あの年で、資産運用なんて理解できませんよ。おまけに、おひとり様対象の海外ツアーとかのパンフレットも取り寄せて、八〇歳過ぎて、いくらおひとり様とか言っても会社のほうも迷惑極まりないですよ。もう、ご自分のことしか考えられなくなっているみたいですね。私たちの話を聞く耳なんか持っていませんよ」

さすがに、投資とかいう言葉が出て、浩一も少々面食らったのか、酔いが醒めていくのを感じ始めていた。

「その投資とかいうのはどうなんだ？　まさか、購入とかしてないだろうな」

「それは、さすがに大丈夫、あの方に大事なお金を任せたら大変なことになりますからね。ちゃんと、証券会社のほうへは釘を刺してありますよ」

「釘を刺すって？」

「きっと重症の認知症に違いないので、後見制度とかを利用しようと思っているので、何か言ってきても取り合わないで、必ず私のほうへ連絡入れるように言い聞かせてありますのよ」

「後見制って、それはいくらなんでも大袈裟だろ」

「あなたは甘いですわ、証券会社なんて油断しているといくらでも向こうの思いどおりに資産をむしり取られるんだから、少々大袈裟くらいでちょうどいいんですよ」

浩一は、奈穂子の断定口調には辟易とさせられることもあったが、結局は納得させられてしまうことが多く、この時も、既に奈穂子のペースに巻き込まれ始めていた。

「証券会社以外にも、郵便物の送り先の銀行や旅行代理店とか、目ぼしいところには全部、手を打ってありますよ。もう正常な判断ができなくなっているみたいですからね。それに、ご自身のやっていることを、まるですっかり忘れてしまっているみたいなんですから」

「そんなにひどいのか？　全然気がつかなかったな」

「あなたは、親子だから気がつきにくい、というか認めたくないというのがあるかもしれませんよ」

「うーん、言われてみれば、認めたくないとかいうのはあるかもしれないな」

「そうですよ、それに、あなたは鼾をかいて爆睡しているからご存じないかもしれないけど、夜中に、ぶつぶつ訳の分からないことを言って、歩き回っていることがあるんですよ」

「夜中に、ぶつぶつとかって、それって徘徊か？　かなりやばいんじゃないのか」

「そうね、かなりやばいかもしれませんよ。認知症の家族を介護したことのある人に聞いたんですけど、徘徊なんて症状が出ていると、重症って言ってましたわ」

「重症って……まさか、いきなり、こんな話を聞かされるとは思ってもみなかった」

「いつか、話そうと思っていたんですけどね。あなたにもしっかりと現実を見ていただかないと困りますから。これから、どうします？」

「どうしますって？　どういう意味なんだ」

「一つは、これからも、あの方とここで同居していかれるかってことかしら。施設へ入っていただくっていうのはどうかしら。あと、金銭管理のこととかも今の状態だと私の監視にも限界があるので、この際、本当に後見制度とかを利用したほうがいいかも……」

「急に、いきなり、いろんなこと言われても、まだ、頭の中が整理できないな。どうなんだ、その認知症とか老人特有の症状とかいうのを病院で診てもらうのが先なんじゃないか？」

「そう言うと思っていましたわ。何といっても私と違って、実の親子なんですからね。そうね、あなたの言う通りね、後見制度利用するにしても、ちゃんと診断してもらう必要があるでしょうからね」

「そうだろ、まず、病院で診てもらわないと。で、昔から診てもらっている速水さんのところへ連れていったらどうだ」

「速水さんのところは、昔ながらの何でも屋みたいなところがあるので、ちょっとどうでしょうか。それだったら、最近駅前に、田中心療内科というのができたから、そちらがいいんじゃないかしら。新しいところって何かと親切だっていうから、ちょうどいいと思いますわよ」

「そうか……そちらのほうは任せておくよ。どうしてもというんだったら、連れていってくれ」

「分かりました、あなたの許可が出たので、来週の月曜日にでも連れていってみますわ」

週が明けて、奈穂子は義母を病院へ連れていこうとしたが、義母の多恵は日頃から病院を毛嫌いしているため、何とか口実をつけて連れ出すこととした。

多恵はソファーに座って、いつものようにコーヒーを飲みながら、テレビに見入っていた。

「お義母さん、駅前に新しくできた診療所ご存じかしら。若い先生で、とても親切に診てくれるって評判らしいですわよ。それに、区役所のほうから八〇歳以上の高齢者の無料検診の案内があって、そこが指定されていますの。ちょうど時間が空いているので、出かけてみませんか」

奈穂子から、突然、病院へ連れていくという話を切り出され、多恵はいささか面食らった表情をしたが、何も言わず、声の主のほうを眺めていた。

「何か、急なことで申し訳ありませんけど、検診はなるべく早く受けてくださいということらしいので、お願いしますわ。浩一さんが車で出かけているので、タクシーをお呼びしますわ」

多恵は何も返答をせず、再びテレビを眺め始めた。三〇分ほど経って、タクシーの運転手から呼び鈴を鳴らされると、奈穂子は多恵を急き立てて家を出て、タクシーへ乗り込んだ。後部座席に座った二人の間にはバッグが置かれていたが、大人一人が座れそうなスペースが空いていた。

「駅前に新しくできた診療所……田中さんていう内科の診療所、お願いしますわ」

黒縁の眼鏡をかけた愛想のよさそうな中年の運転手が、「内科？」と聞き返そうとしたところで、奈穂子は運転手のほうへ体を乗り出すと、覗き込むようにして、「田中診療所、ご存じですよね」と、念を押すような口調で繰り返した。

有無を言わせないような勢いに圧倒されたのか、運転手は黙って頷くと車を発進させた。

閑静な住宅街を抜け、一五分ほどで駅前に到着した。一年ほど前に駅前ロータリーの開発の一環で医療モールが建てられており、三階の角に「田中心療内科」という看板がかかっていた。多恵は八〇歳を過ぎても足腰の衰えは感じさせず、奈穂子の後を遅れもしないでついていった。

診療所へ入ると、駅前のアクセスの良さや広々とした清潔感溢れる雰囲気も好評なのか、既に待合には多くの患者が詰めかけていた。受付を済ませると、事務員が丸椅子を持ってきて、二人に座って待つよう説明した。

二時間近く経って、ようやく、「お待たせいたしました。大森多恵様お入りくださ い」と呼ばれた。

「お義母さん。ちょっと待っていてください。先に書類を見てもらいますから」

と言うと、奈穂子は多恵を制して、一人で診察室へ入っていった。中には、まだ三〇代前半の、人がよさそうだが頼りなさそうな雰囲気のする医師と、対照的にがっちりとした逞しい感じの、医師より一回りほど年配と思われる看護師が待ち構えていた。

「先生、大森多恵の長男の嫁です。先によろしいでしょうか。実は、義母の件ですが、三年ほど前から物忘れがひどくなって、周りがとても迷惑しているんです。初めのうちは注意すると『そんなことはない』と言い張っていたんですが、最近は何も反応しなくなって、ちょっと恐い気がしますの。普段から病院は嫌いなので、今日も住民健診があると言って、ようやく連れてきましたの。よろしくお願いしますね」

それを聞いてちょっと安心したのか、医師はニコニコしながら、

「そうですね、認知症の人ってみんなそんなもんですよ。分かりました、じゃあ、ご本人には認知症の診察だということを分からないように診てみましょう」

と、答えた。

医師は、多恵を診察室へ丁寧に招き入れると、「こんにちは、大森多恵さん。今日は、簡単な健康診断をさせていただきます」と説明した。

「今、何か身体の調子が悪いとか。お困りのことはありますか?」

多恵は納得して来たわけではないので言いたいことがいっぱいあるという表情を見

せかけたが、すぐに観念したのか、口を開いた。

「はぁ、特に何が困るとかいうわけじゃないんですけど、奈穂子さんが検査が必要だというもんで」

「そうですか、分かりました。じゃあ、隣の部屋で簡単な検査をしてみましょう」

医師はそう多恵に答えながら、そばにいる看護師へ目くばせをした。

看護師は多恵を連れて出ていくと、隣の相談室と書かれた部屋へと入っていった。

「大森さん、今から、簡単な質問をしますから、答えてくださいね」

医師は一枚の検査用紙を取り出し、おもむろに質問を始めた。

「お名前は？」

「生年月日は？」

「今日は、何月何日でしょうか？」

質問が続くたびに、多恵は少し不愉快そうに眉をひそめたが、反抗するのが面倒なのか、淡々と質問に答えはじめた。

その後、採血などもあり小一時間ほどで検査は終了した。検査の結果は後日聞きに来るようにということであった。

帰りもタクシーを利用したが、自宅へ辿り着くまで、二人の間に会話は全くなかった。

夜、浩一が帰宅して、多恵のいないところで診察のことを尋ねていた。

「それで、田中さんのところへは無事連れていくことができたのか?」

「大丈夫ですよ、病院とかいうと構えて嫌がられるんじゃないかと思って、検診の結果を詳しく調べるためとか言って、何とか受診にこぎつけましたわよ」

「結果はどうだったんだ?」

「何かいろいろと調べてくださって、血液検査の結果とかも含めて、来週にまた来てくださいということでしたわ」

ちょうど、その時テレビのニュースで、高齢者施設で介護職員が入所者へ虐待を繰り返していた事件を報道し始めたので、二人は黙って画面に見入っていたが、しばら

くすると奈穂子は、
「本当にこんなことってあるのかしら？　だけど、高齢者の問題ってこれからいろいろ大変なことが起こりそうですね。うちも他人事じゃないかもしれませんわね」
と呟きながら、部屋を出ていった。

次の週、奈穂子は多恵を伴って、再び田中診療所を訪れた。診察の結果、多恵には血液検査などで、特に身体疾患は見られず、認知症などの異常疾患も特に見当たらないということであった。

それを聞いた奈穂子は今一つ納得できないということで、認知症の疑いのもと、さらに詳しい検査をしてくれるよう頼みこんだ。田中ドクターはいささか面食らったふうではあったが、あくまで患者サイドのたっての要望と言うことで、H医科大学病院へ紹介状を書くことで多恵を納得させた。当初は神経内科宛に紹介状を書いていたが、これを横から見ていた奈穂子が、精神科への紹介状を書いてくれるようにと強く頼みこんだ。奈穂子が言うには、とても怒りっぽくなったり、突然ふさぎ込んだり、ぶつぶつと独り言を繰り返していることが多いのが気になるため、精神科のほうを受診させてほしいということであった。もっとも、H医科大学の精神科の予約はいっぱいで、一か月以上先で何とか予約をとることができた。

多恵が田中診療所を受診した頃から、浩一も多恵の様子について注意を払うようになっていた。診療所の診察の結果では認知症などの異常はないということであったが、本当に大丈夫なのだろうか。やはり奈穂子の言うように老人特有の症状が出ているのではないかと疑惑の念が起こり始めていた。

浩一は、ある夜、多恵が寝室へ入ったのを見届けて、奈穂子に疑問をぶつけてみた。

「どうも、お前が母さんのことを認知症かもしれないなんて言うから、最近、本当にそうかもなんて気がしてきたよ」

奈穂子は、何をいまさらみたいな表情をして聞き返した。

「〝気がした〟なんて、のんびりしたことを言ってますけど、どういうところで、そう感じられていますのかしら？」

「そうだな、同じことを何回か聞き返すことがあったり、きちんと片付けられなくて探しものをしたりすることが増えてきているような気がする」

「忘れっぽくなったことを言ってらっしゃるのね。私は、あなたよりも、あの方といる時間が長いので、変わりようにはすっかり驚いていますわよ。物忘れだけじゃなくて、感情の起伏が激しくなってきているんですよ。よく、ぶつぶつと独り言を繰り返してめそめそしているかと思ったら、急にイライラして私にひどく乱暴な言葉遣いをしたりとかして大変なんですよ」

「そういえば、最近なんだか活気がないような気もするな」

「それも認知症の立派な症状に違いありませんわよ。そのうち、徘徊とか出てくるんじゃないでしょうか」

「徘徊なんて出たら近所にも迷惑がかかるし、放っておけないな。どうだろう、このことは弟たちにも話しておいたほうがいいんじゃないか」

「まあまた、あなたの心配性が出ましたわね。認知症だなんてあんまり慌ててご兄弟たちにお話しすると、余計な心配をかけるので今は何も話さないで、私たちでそっと様子を見ているほうがいいと思いますよ」

「まあ、言われてみれば、彼らも彼らの生活があって大変だろうから、今は何も言わないほうがいいかもしれないな」

時計の針は一二時を回り、日付が変わっていた。

「確か、大学病院は来週の水曜日だったな。午前中は配送の仕事が休みだから、俺が運転して連れていくよ」

そう言うと、浩一は残りのハイボールを飲み干して寝室へ入っていった。浩一夫婦は、もう一〇年以上も前から寝室を別にしていた。

翌週、浩一は奈穂子と多恵を乗せてH病院へと向かった。助手席には奈穂子が座り、後部座席に多恵が座っていたが、病院へ着くまでの間、多恵はうたた寝でもしているかのように俯いて何も喋らず、車内では会話らしい会話はなかった。

浩一は羽振りのいい時は左ハンドルの外国車を乗り回していたが、今は国産の軽自動車だ。運転にも慣れて、かえって小回りの良さや、傷がつかないようになんて気を使わない分、乗り心地の良さすら感じていた。

三〇分ほど運転するとH病院の駐車場に着いたが、車を止めるのに一五分ほど待たされた。受付で紹介状を渡して手続きを済ませ、精神科の外来へと向かった。多恵には、事前に「老人性のうつ症が心配なので精神科でも診てもらったほうがいい」と田中診療所で言われたことを説明していた。大学病院の精神科の待合にいる暗く重い表情をした患者の群れを見て、多恵が気を悪くして帰ると言うのではないか気になっていたが、多恵は意外にも平然としていた。予約の時間は午前一〇時だったのに、結局順番が回ってきたのは、午後の一時近くになっていた。

この時も、奈穂子は、浩一と多恵を待合室に待たせて、先に診察室へと入っていった。

「すみません、大森多恵の家族のものですが、義母は一年ほど前から物忘れがひどくなっているうえ、最近はとても怒りっぽくなったり、急に泣き出したりとか感情の起伏が激しくなっています。だけど、本人はそのことを全く認めようとしないので、どうかそのあたりをご理解のうえ診察お願いいたします」

応対に出た医師の名札には武内と書かれていた。二〇代前半でまだ経験が足りないのか、どこか頼りなさそうな感じであった。患者の家族が入ってきていきなり一方的にまくし立てるように喋ってきたので、いささか困惑した様子であったが、精神科では一般の診療科と違いかなり個性的な患者や家族がいることもあって、見た目より度胸が据わっているのか、すぐに落ち着きを取り戻して、

「仰っていることはよく分かりましたので、ご一緒にお入りください」

と言って、待合室の二人を招き入れた。

「大森多恵さんですね。田中診療所からのご紹介ですね。今、何か具合の悪いことと

かありますか？」

多恵は、相変わらず無表情であったが、逆らっても無駄と観念でもしたかのように、

「いいえ、特に何もありません」と答えた。

「そうですか、これまで田中先生のほうでもある程度の検査はしてありますので、ここでは、頭の画像とか、ちょっと詳しく調べてみましょう」

医師は、簡単な問診を済ませると、MRI検査をオーダーし始めた。

「大森さん、画像検査が一番早くて来週の月曜日が空いていましたので、お取りしてよろしいでしょうか」

すると、多恵が答えようとする前に、奈穂子が割って入った。

「はい、先生、検査は少しでも早いほうがいいと思いますのでお願いいたしますわ」

医師は、少々あきれたふうではあったが、

「そうですか、それでは、月曜日の午後一時にお取りしておきます。詳しい手続きとかは受付のほうでお聞きください」

病院での診察は待たされた時間のわりには、あっけないものであった。帰りの車中で、浩一は拍子抜けした感じで、奈穂子に話しかけていた。

「大学病院なんていうとなんか物々しくて敷居の高い感じがしたけど、意外と素っ気ない軽い感じだなあ」

「外から見るのと中は全然違うなんてよくあることじゃないかしら。豪邸に住んで一家団欒なんて見えるお家でも、中は全然違うみたいに。私たちの家もはたから見たらどう思われているのか分かりませんわ」

「そんな話をされてもね……」

浩一はなんだか不愉快な気分になったが、黙って運転を続けた。

翌週の月曜日は、浩一は仕事があったため、奈穂子は多恵を伴って、バスを乗り継いでH病院へ向かった。病院は午後とはいえ、まだ診察を受けていない午前中の患者で待合は溢れていたが、検査のほうは待たされることもなく時間通りに行われた。その日はＭＲＩ検査以外には特に予定もなかったために、二人はどこかへ立ち寄ることもなく検査終了後はすぐに病院を後にした。検査の結果は一週間以上経ってから聞きに来るようにと言うことであった。


ＭＲＩ検査の翌週、浩一の仕事の休みに合わせて、奈穂子と多恵はＨ病院の外来を訪れた。前回と同じ武内という若い医師が担当であった。

「大森さん、検査ご苦労様でした。結果が出ているので見てみますね」

武内は、電子カルテを操作してＭＲＩ検査画像を映しだした。

「こちらのほうが頭頂葉といって頭のてっぺんで、ここから下のほうへ下がって水平に輪切りにした状態で見ています」

続いて、素人が聞いても分かりやすいよう、丁寧に説明を始めた。

「というわけで、大森多恵さんの頭部画像では、年齢相応の軽度の脳委縮はありますが、これといった明らかな異常はありませんね」

奈穂子は怪訝そうに、

「異常がないって、この検査だけで言い切れるのですか？　もっと他に詳しい検査とか必要ありませんの？」

と、身を乗り出して聞き返した。

「そうですね、現状では形態上、ＭＲＩ検査より精密に映し出せる検査はありませんね」

「だけど、脳の血流を調べる検査とか脳波とか、もっと詳しい検査しなくてもいいのですか？」

奈穂子の態度は、納得できない様をあからさまに表していた。病院で検査をして異常が見つからなければ、よほどの不信感を抱かれる診療行為でもないかぎり、ホッとした安堵の言葉が述べられるのが当然ではないか。だが、武内の表情は変わらない。精神疾患領域では、内科や外科みたいに客観的に正常・異常を明確に示すデータに欠けるため、どうしても主観的要因の占める割合が大きくなる。それもあって、精神疾患関連では納得のいく診断を求めて医院を渡り歩く「ドクターショッピング」を繰り返すことが多い。

武内は研修医の立場ではあったが、そのことに早くから気がつき疑問を感じていた。認知症に限らず、発達障害とか適応障害といった疾患群では、本人よりも家族が過剰に気を病み、医療機関を彷徨《さまよ》うことが多いという印象を抱いていた。ひょっとすると、家族は何とかして病人に仕立て上げようとしているのではないかという懸念を感じることすらあった。武内は当初は何とかこの悪しき病理に立ち向かおうとしていたが、大学病院という巨大な組織の中で一研修医がどんなにもがいても無駄だということをこれまでの経験で思い知らされていた。

そういう経緯もあり、武内は、異常がないと言っても納得できない様子の多恵を見ても、それほど驚かなくなっていた。かといって、奈穂子の意に添うように、認知症でもない人を認知症に仕立て上げるような根性は持ち合わせていなかった。というか、武内の医師としての何かが歯止めをかけようとしていたのかもしれない。

「確かに、脳血流とかを調べるＳＰＥＣＴ検査とかもありますが、多恵さんは脳梗塞を起こした所見はないため、おそらく異常は出ないと思います。この検査は値段もかかるので、今急いでする検査ではないと思います。脳波検査とかは、てんかん発作とかもないので必要ではないと思います。田中診療所でも検査されていますが、認知機能検査も三〇点満点で二七点なので、年齢から見ても正常と言っていいかと思います」

「というと、お義母さんはこれ以上、検査も治療も必要ないということなんですか?」

「これから先のことは断定できませんが、現時点ではそういうことになると思います」

まだ承服しきれないのか、詰め寄ろうとした奈穂子を、それまで黙って聞いていた浩一が押しとどめて、武内に尋ねた。

「先生、それじゃ当分は病院のほうは来なくてもいいということですか? ここのところ、母も検査とか、何だかんだと病院通いで疲れているみたいだったんで、正直助かるといえば助かります」

「今までのところでは問題はないということですので、これから何か具合の悪そうなことがあれば、かかりつけのお医者さんに相談してみてください」

浩一は、武内の言葉に頷き軽く会釈をして礼を述べると、奈穂子を急《せ》き立て、多恵を連れて診察室を後にした。

言いかけた出鼻をくじかれて納得できないのか、奈穂子は、

「何もあんなに慌てなくてもいいのに。もう少しお話を伺いたかったのに余計なことをしてくれましたね」

と愚痴をこぼした。

「いや、急かしたわけじゃないんだ。先生もちゃんと説明してくれているし。あと、まだ患者さんが待っていて、看護師さんがなんだかイラついているように見えたのが気になったんだ」

「それは気のせいですわ。それに、あの先生若くてちょっと頼りなさそうな気がして

不安ですわ」

奈穂子は、よほど気が済まないのか、しばらくぶつぶつと呟いていたが、浩一は無視して駐車場へと向かっていった。


H医科大学付属病院へ受診させてから三か月以上経ち、季節は秋から冬に変わろうとしていた。浩一は、夏場はもっぱら冷えたビールを好んでいたが、この時期になると、毎晩、焼酎の熱燗を嗜むのが習慣になっていた。この日は珍しく奈穂子も付き合いで焼酎を飲みながら、一一時を回っても話し込んでいた。

「それで、あなた、いつまで荒木さんのお仕事を手伝うつもりなの？　お給料だって二〇万円もいただいてないんでしょ。この際、あの方にいくらかでも融通していただいて、またご商売始めたほうがいいんじゃないかしら」

「いや、もう商売だなんてこりごりだよ。やっと借金返済の目途がつき始めたところなんだし、もう冒険はできやしない。それに、この歳で転職なんて言ったって、そんなに簡単に雇ってくれるわけではないよ。荒木だって、俺のことを先輩だと気を使って結構無理して給料出しているかもしれないんで、それはそれでありがたい話なんだよ」

「まあ、荒木さんがあなたの元部下で、同じ頃に退職して向こうは大成功だというのに、あなたにはプライドとかいうのは全くないんですのね」

「プライドなんてくだらないものは実社会じゃ何の役にも立たない、というかむしろ百害あって一利なしかもしれないな」

「それが、あなたの哲学なら仕方ありませんわ。だけど、現実問題として、これからどうやってまともな生活をしていくのか皆目見当がつきませんわ。年金だって、あなたが途中退社したから国民年金しかもらえないし、他にこれといった収入源もありませんわよ。正直、私は昔の羽振りの良かった頃が忘れられないところがあって、あまり生活の質を落としたくありません」

「おかしなことを言うなあ？　この家だって持ち家だし、まだ、荒木が雇ってくれるんだから、そんな深刻に考えるレベルじゃないと思うけど……それに、借金返済生活が始まってから食事も以前よりヘルシーなものになって、規則正しい生活で健康的になって、俺としてはむしろ満足しているくらいなんだけど」

「そういうところが、あなたというか、男性の楽天的でノーテンキなところ。女性というのは、もっと現実というのを厳しく捉えますのよ。例えば、遺産のことだってちゃんと考えてみたことがおありかしら？　兄弟で仲良く分けるなんて思っていたら大間違いですわよ。私たち夫婦は同居して病院へ連れていったり、何かと面倒を見ているので、そこのところを早く手を打っておく必要がありますわよ」

「おいおい、母はまだ健在なんだから、変なことは言わないでくれよ。それに、遺産なんてきっちり我々兄弟で三等分するに決まっているじゃないか」

「あら、やはり、あなたは寄与分と言うのをご存じないのね」

「寄与分？」

「寄与分ですよ、生前に何だかんだと世話したとか財産負担を証明すれば、遺産相続のとき、加えてもらえる制度ですよ。何も言わなければ大損しちゃいますよ。だから今からしっかりと負担分計算して証明しておくことが大事なんですよ」

「だけど、今から兄弟で争いの種を作っておくというのはどうなんだろう。ちゃんと話し合えば分かることなんじゃないか」

「だから、あなたはお坊ちゃま育ちで世間知らずなのですよ。兄弟なんていっても成人して金銭が絡めばもう立派な他人同士ですわ。それに、結婚して子供ができたりすると、血縁関係のないお隣さんよりややこしくなりますよ」

浩一は、奈穂子の話していることを聞いて妙に納得させられるとともに、奈穂子自身のことを言っているのではないかという疑念が一瞬湧いたが、これ以上何も聞かないようにした。

「それで、最近、母さんの具合はどうなんだ。認知症みたいだなんて言われて、ひょっとしてそうなのかなんて気がしていたけど、H医大病院で異常ないって言われてから安心しているんだけど」

「そう、そのことなんですけど、あの時のH医大病院の担当医、若くて頼りなさそうだったでしょう。最近、その予感が当たっているような気がしてきましたわ」

「えっ、なに、またおかしなことがあるのか？」

「さすがに、新聞を余計に取ったり、海外旅行や投資関係のパンフレットを取り寄せたりすることは遠回しで注意しておいたので治まっているみたいなんですけど。それより、最近、とみに感情の起伏が激しくなったり、ただの独り言だけじゃなくて夜中にぶつぶつ言って歩き回ったりとか、症状がひどくなってますわ。田中診療所やH医大では物忘れの検査しかしてなかったのじゃないかしら。私、調べてみたけど、認知症って物忘れだけじゃなくて怒りっぽくなったり、性格が変わったりとか物忘れ以外の周辺症状から始まるタイプもあるみたいなんですよ。よく読んでみると今の症状にぴったり当てはまる気がしますわ」

「だけど、そういうのって、多かれ少なからず老人に見られる症状じゃないのか。偏見を持てば、みんなそう見える気がするけど」

「あなたは、実の親子だから認知症とか認めたくないんでしょうね、ひょっとすると遺伝するんじゃないかとか思っているんじゃないかしら？　私はそういう立場にないから冷静に見ることができますわ。本当にひどくならないうちにもう一度ちゃんと見てもらったほうがいいと思いますわ」

浩一は、奈穂子が多恵を無理やり認知症にしたがっているのかと疑いかけたが、まさかそこまでのことはないだろうと気を取り直した。

「うーん、俺は家にあまりいなくて帰ってもすぐ寝るだけで、母さんのことはお前のほうがよく分かっているみたいだから、何かあったら教えてくれ」

「ちょっと悠長すぎるんじゃありません？　今度は戸田先生のところで診てもらいますわ。戸田先生だったら、あの方の昔からのかかりつけ医みたいなものなんで、変化も理解してくださると思いますよ」

「戸田先生か、それもいいかもしれないな。任せておくよ」

翌日、奈穂子は浩一の許可が出たと判断して、多恵を伴わずに戸田診療所を尋ねていた。

「先生、ご無沙汰しています。今日は義母のことでご相談に参りましたの。本人も連れてこようと説得したのですが、どうしても病院は嫌だと言い張るので、私一人で参りました」

「大森さんは、久しぶりなんでお元気なのか気になっていましたが、何か具合が悪いのですか?」

「先生、最近、義母はさっきまで言っていたことも忘れ、認知症が進んでいる気がしますの」

「そうですか、できればご本人に来ていただいて、物忘れの検査とかしてみましょうか」

「それが、義母は自分はどこも悪くないと言って、決して病院へは行かないと言い張っています。昔気質で頑固なせいか、一度言い出すと聞かないのですよ。それに、最近では私たち夫婦のことも分からなくなって、すごく興奮して暴言や暴行を働くことがあり、とても困っています」

「そうなると、やはり認知症の精神症状かもしれませんね」

「やはり、そうですか、もう夜中に何回も起こされるので、私たち夫婦も本当に参っています。先生何とか、母に夜だけでも大人しく眠ってもらうような治療はしていただけないでしょうか」

「それほどお困りだと、家族の方がお世話するのも大変ですね」

「そうなんです。せめて夜だけでも寝てくれれば助かるんですけど、どうなんでしょう、本人を見ていただいていないんですけど、家族が来院したということで何か睡眠薬でも処方していただくこととかできませんでしょうか」

「そうですね、本来ならご本人を診ずに処方するのは好ましいことではありませんが、多恵さんは昔から診察していていてカルテもありますから、処方しておきましょうか」

「ありがとうございます。そう仰っていただけるととても助かります。お願いします」

「分かりました。よく効く睡眠薬を出しておきましょう」

奈穂子は、戸田診療所から戻ると処方された薬剤をどうやって多恵へ飲ませようか悩んでいた。睡眠薬や安定剤などと言うと、さすがに素直に飲んでもらえるとは思えない。考えを巡らせていたところ、多恵が日頃からテレビの健康番組を熱心に見入っていることを思い出した。とはいうものの、多恵は年齢の割に健康でこれといった疾病は持ち合わせていなかった。そこで、予防効果があるということで服薬を勧めることとした。

奈穂子は、夕食後、浩一が帰宅しない時間を見計らい、リビングでテレビを見ている多恵のそばに寄り、声をかけた。

「お義母さん、先日、戸田さんのほうから案内があったので今日伺ってきたら、お義母さんくらいの年齢の人って骨粗しょう症で骨折することがとても多いんですって。

寝たきりのご老人は危険はないんですけど、ご自分で歩ける人が、かえって危ないんですって。それで、戸田先生から、骨折予防で今から予防薬を飲んでおくほうがいいって勧められたんです」

多恵は、普段は夕食後に話しかけることもない奈穂子が、わざわざ話しかけてくるのに違和感を覚えながら、奈穂子が手にしている薬袋を眺めた。

「このお薬、一日一回、夕食後に飲むだけでいいんですよ」

手渡された薬袋には用法容量が印刷され、骨粗しょう症の予防と青色のボールペンで手書きされていた。

「じゃあ、これから飲んでみてくださいね。効果が出るのには三か月以上はかかるみたいなので、続けてくださいね」

どこか機械的で心から気遣ってくれているという印象は持てなかったが、多恵は周りでも骨折して歩けなくなった知人を何人か見てきているので、骨折予防という言葉に惹かれて飲んでみることとした。

奈穂子の勧めた薬を飲んだ翌日、多恵は正午近くまで部屋にこもって眠り続けていた。奈穂子は、多恵が朝食の時間になっても起きてこないのを意に介さずにいた。昼過ぎになってようやく食堂へやってきた多恵に、

「お母様、今日はゆっくりお休みになりましたのですね。いつもは、明け方近くにおトイレへ行かれるので、久しぶりに疲れが取れたんじゃないですか」

多恵は、奈穂子の問いかけには返答しなかったが、まだすっきりとしない表情を浮かべていた。

「今日は、朝食を召し上がってらっしゃらないので、お昼を用意しておきますね」

奈穂子は手早く昼食の用意を整えると、自身の昼食を膳に載せてリビングへと向かっていった。多恵は、テーブルの前に座っていたが、ぼんやりした状態で小一時間ほど経って、ようやくその日初めての食事をとり始めた。

その後も、多恵は昼過ぎになって起き出して日中はぼんやりと過ごし、反応が鈍く

活気のない状態が続くようになっていた。

多恵が戸田診療所で処方された薬を飲み始めて一週間ほど経って、ようやく異変に気がつき始めた浩一が、奈穂子が何か知っているのか尋ねてみた。

「どうなんだ、母さんのことなんだけど。最近どうも様子が変なんだけど、何か気がついたことがないか？　なんか、ボーッとした感じで、話しかけても反応が鈍い気がするんだけど」

「やはり気がついてらしたのね。それは、もうここ最近の変化は本当にどうかしていますわ。朝も全然起きてこなくて、昼過ぎになってようやく起きてくるんですけど、なんだかボーッとして、食事もなかなかとらないんですよ。どこかお体の具合でも悪いんですかって聞いても何も答えてくれなくて。もうどうしていいか分かりませんわ。相変わらず、夜は起き出して歩き回ったりしていることもあって、昼と夜が逆転しているのかもしれませんよ。これって、やはり、認知症の悪化なんじゃないかしら？」

「昼と夜の逆転って？　昼夜逆転とかいうやつじゃないか、何かの番組でやっていたな。確か認知症の重大なサインだとか言っていた気がする」

「そうですよ。その昼夜逆転が出てきているんですよ、きっと。あと、徘徊とかせん妄とかいう症状も出てきているんじゃないかしら」

「うーん、厄介な話だなあ。まだ、家の中だけじゃいいけど、外へ出ていって近所とかに迷惑かけると大変なことになるなあ」

「そうですよ、認知症を放っておくと警察沙汰になることもありますし、早目に手を打っておいたほうがいいかもしれませんよ」

「手を打つって？　どういうことなんだ」

「それは、もう私たちだけで面倒を見ることはできませんから、施設へ入っていただくのが一番じゃないでしょうか？」

浩一は、多恵の変化に困惑しており、何か手立てはないかと模索していたが、さすがに、いきなりの施設への入所というのには抵抗を感じた。

「施設って、いきなり入所させるのは早急すぎるんじゃないか、ヘルパーを頼むとか、介護保険とかで何とか面倒見てもらってからでも遅くはないだろう」

「そう言うと思ってましたわ。何度も言いますけど、日頃、あの方と一番接しているのは私なんですから、変わりようについてはとても驚いていますわ。このまま放っておくと取り返しのつかないことが起こるかもしれませんわ。悠長なことを言っている暇はありませんわ。それに、近くて設備のいい施設は人気が高く予約待ちが多くて入所するのが難しいらしいので、早く申し込んでおいたほうがいいですわよ」

浩一は、奈穂子が一気にまくし立てる勢いに押され、それ以上、何も言い返せずにいた。多恵は、奈穂子の勧める薬を飲んでから、初めのうちは夜中によく目が覚めていたのがよく眠れるようになったので満足していたが、朝が起きづらくなり、日ごと日中の眠気がひどくなるのが気になり、違和感を覚え始めていた。多恵の心の内に、ひょっとしてあの薬に何か良からぬ成分でも含まれているのではないかという疑念が起きようとしていた。それでも、まさか、そこまでひどいことをすることはないだろうという淡い期待と、それほど思い詰めるのもなんだかばかげているという気持ちが交錯していた。二、三年前から、ことあるごとに物忘れがひどくなっていると奈穂子から遠回しに指摘されるようになって、自身でも本当に物忘れが目立ち、このまま認知症になってしまうのか、それとも既に認知症になりかかっているのかという不安を感じ始めており、昼間何となくボーッとしているのもそのせいなのかと思い始めていたことも影響していたのかもしれない。

年が明けて、寒風が吹き荒れる季節になった一月中旬の夜、昼過ぎに起きだした多恵が、暖炉に設置してあるストーブに点火しようとして、足元を取られ、激しく転倒したことがあった。何とか起き上がろうとしたが痛みのため動きが取れずにいたところ、三時過ぎになって、テレビを見ようとリビングに入ってきた奈穂子が、倒れている多恵を発見した。

「あら、お義母さん。こんなところで寝ていたら風邪をひきますよ。さあ、早く起き上がりましょう」

そう言って、奈穂子は多恵を引き起こそうとした。

「痛い、痛い！　何をするんですか、痛いじゃありませんか」

「あれっ、どうされたんですか？　ひょっとすると転ばれたんですか？　それは大変です。骨折しているかもしれませんから、救急車をお呼びいたしますわ」

多恵は何も答えなかった。さすがに骨折はまずいと思ったのか、奈穂子は救急隊要請の電話をかけた。

ほどなくして救急隊が駆けつけ、多恵の病状から骨折の疑いがあるということで市内にある暁総合病院へ救急搬入されることとなった。応対に出た救急外来の担当医は経過を聞いて手際よく診察をすると、すぐにレントゲン写真の撮影を指示した。一五分ほどで撮影結果が出たが、右の大腿骨頸部骨折という診断であった。入院治療が必要ということで急遽入院手続きをとることとなった。

病院は市の中心部にあり、五年ほど前に増改築されていた。周囲には遮る物がなく、ひと際目を引く建物になっていた。多恵が入院することになったのは一五階建ての病棟の一〇階、西向きの整形外科病棟であった。

付き添いの家族への説明ということで、奈穂子は多恵の担当医に呼ばれて、これまでの病歴などを聞かれ、入院治療について説明を受けることとなった。四〇代半ばと思われる医師はベテランの域にあるのか、自信に満ちた口調と態度で接していた。

「大森多恵さんのご家族の方ですね。私は、主治医の川上と申します。先ほど、骨折疑いで緊急レントゲン撮影を行いましたところ、やはり右の大腿骨を骨折していました」

川上はレントゲン写真を見せながら、

「ここのところが、大腿骨の頸部というところで、斜めに黒く線が走って見えるところが骨折線になります」

「先生、骨折というのはよく分かりましたが、治療はどうなります？　手術とかすることになるのでしょうか？　その場合、入院期間とかはどれほどになります？」

多恵は、骨折という言葉を聞いてもさほど驚いたふうでもなく、冷静に入院後の経過について尋ねていた。

「そうですね、今は大腿骨頸部骨折の手術技術も進歩しているので、心肺機能に異常があるとか、重篤な基礎疾患がなければ手術治療が勧められます。ただ、術後のリハビリが重要なので、六か月程度の入院になるかと思います」

「やはり手術になりますか？　ただ六か月の入院というのはちょっと長い気がします。もう少し短くすることはできないのですか？」

川上は少々怪訝に思い、

「長くなると何か具合の悪いことでもあるのですか？」と尋ねてみた。

「ええ、実はお義母さんは認知症の進行がひどくなっていて、自宅での療養が難しくなっているため、特養を申し込んでいまして……。入院中に空きが回ってきたときに断ると次にいつ入れるか分からないのです。ちょうど条件が合うところなので、何とかそこへ入ってもらおうと思っています」

「認知症？　先ほど診察したときはしっかりと受け答えされていましたけど……」

「そうかもしれません、普段は何事もなく応対できることもありますが、何かのはずみでスイッチでも入るのでしょうか、意味不明なことを言ったり徘徊したりと何かと大変なことがあって、近所のかかりつけの医院では、正常な部分と物忘れなどの症状が斑様《まだらよう》に入り乱れている認知症状が出ているということらしいです」

「斑様の認知症ですか？」

「そうなんです。なので、向精神薬もいただいています。これが、その内容です」

奈穂子は、そう言うと、バッグの中から、戸田診療所から処方されている薬剤の説明書を見せた。

「先生、これを参考にしてください。入院中も念のため処方しておいてください。あと、不穏とか興奮することがあれば、この液剤を飲ませるか何かの飲み物に入れて飲ませてくださればいいということでいただいています」

川上は、処方薬の説明書を一瞥すると、これまでも向精神薬を処方されている患者を見慣れているためか納得した様子であった。

「なるほど、仰る通り、認知症の周辺症状が見られているみたいですね。入院中の参考にさせていただきます」

その後、奈穂子は川上から入院に必要な詳細な説明を受け、必要な手続きを済ませてから病院を後にした。奈穂子は帰宅するとすぐに、以前申し込んでいた特別養護老人ホームへ入所予定日について尋ねた。

「アケソニアさんですか？　以前、そちらへ入所申し込みをしていた大森多恵の家族のものですが、入所予定についてお伺いしたいのですが？」

「大森多恵様のご家族の方ですね。お問い合わせありがとうございます。お調べいたしますので、少々お待ちください」

電話口に出た女性は、病院の受付の機械的な応対とは違って、穏やかな口調であった。

「お待たせいたしました。大森多恵様は、先月に申し込まれました時が五番目でしたが、その後、お一人がご辞退され、お一人がご家族の新居へ移られるということで退所されたので、今は三番目になります」

「三番目ですか？　というと、どれくらい待つことになりますか？」

「こればかりは確かなことは申し上げにくいのですが、当施設の場合だと半年程度はかかるかと思われます」

「半年ですか？　分かりました。空きが出たら、すぐに連絡くださいね」

「もちろんです。入所希望者の方には、他施設と掛け持ちで申し込まれている方もおられますので、意外と早く入所が決まることがあると思います」

奈穂子は施設への電話を切ると、ようやく浩一へ連絡を入れたが、仕事で運転中でもあったのか留守番電話になっていたため、多恵が骨折して入院したことをメッセージで入れておいた。一時間ほど経って、浩一から折り返しの電話がかかってきた。

「母さんが骨折したって？　どうなんだ、具合のほうは？　意識とかしっかりしているのか？」

「大丈夫ですよ、右足の骨折なんですけど、高齢者にはよくある骨折で、手術ができるのでそちらのほうを勧められましたわ」

「手術……あの年齢で大丈夫なんだろうか？　まあ、詳しいことは病院へ行って聞いてみる」

浩一は帰宅すると、奈穂子から多恵の骨折の経緯を聞き、病院からの書類に目を通した。翌日の午前、仕事の休みを取り、奈穂子と共に病院へと向かった。

病棟の詰め所で、浩一と奈穂子は担当の川上から今後の治療方針などについて説明を受けた。現時点では手術治療が最善の選択で、その後リハビリ病棟で回復訓練をする方針ということで、手術についての承諾書への署名を求められた。浩一は、前日に奈穂子からおよその内容を聞いていたため、特に質問を発することもなく出された書類へ署名捺印をした。

川上は当直明けだったのか、無精ひげが伸びて、髪の毛もバサバサ状態であったが、もともと身なりにはあまり気を使わない性分と思われた。書類を受け取ると、

「それでは、手術は来週の月曜日の朝一番になります。所要時間は五、六時間程度か

と思います」と、淡々と告げた。

浩一にとって、手術というのは何かとても大袈裟なもので、もっと慎重に対応して手術日もかなり先になるものと思っていたので、拍子抜けしたふうであった。

「来週？　そんなに早くですか」

「そうですね、多恵さんはこれといった持病がなく心肺機能にも異常が見られないため、なるべく早く手術してリハビリに入ったほうがいいと思われますので」

その後、看護師がやってきて、入院中の注意事項などについての説明を受けた。一時間程度で病院を後にすると、帰りの車中で浩一は何か気にかかるのか、それが何なのか自分でもよく分からない異様な感情に包まれていた。

「入院なんて全く縁がないと思っていた母さんが、こんなことで簡単に入院、おまけにすぐに手術だなんて、今までにないこと続きで面食らってしまうな」

「あなたにとっては、そうかもしれませんけど、あの方だって結構なお年なんですから、こういうことは高齢者にはよくあることだと思いますわよ」

「それでも、俺の知っている気丈な母さんから想像もつかない……。だけど、大事に至らなくて良かったのかもしれない」

「そうですよ、簡単な手術なんですから、これから何かと気をつければいいということですわ。それはそうと、この間お話ししていた施設のお話なんですけど、予約の順番が三番目らしいですわ。キャンセルが出ることもあるので、意外と早く決まるかもしれませんわ」

「施設？　そういえばそんな話していたな。それで、もう手続き取っていたのか？全然聞いてないぞ」

「あら、あなた、施設入所のほうは私へ任せると言っていたじゃありませんか。とても人気のある施設なので、今のうちから入所できればラッキーだと思いますわよ」

「といっても、まだ、入院したばかりだし……どうなんだろう、医者がまだ退院の許可を出さないときに入所なんて難しいだろう。まだ自宅療養ってこともあるし、施設ってちょっと無茶すぎないか？」

「そんなことありませんわ、今の老人施設ってリハビリとかも充実していて昔の悪いイメージと違って、まるでホテルか別荘みたいなところも増えていて、自宅よりもよっぽどいいという方たちもたくさんいますわ」

「まあ、今は、ともかく無事手術が済んで、回復するのを待つということじゃないか。それより、弟たちにはどう伝えたらいいのだろうか。同居していて転倒骨折なんて言うと、何か後ろめたい気がするな」

「そうですよ、いくら兄弟だなんていってもお互い家庭を持ったら他人同然みたいなところがありますから。変な弱みは見せないほうがいいので、何も言わないのが賢明ですわよ」

「弱みって?」

「それは、もう私たちがあの方の面倒を見ていますので、遺産相続のときとかに批判されたら嫌じゃないですか」

「また、それか。今は、遺産相続の話なんかしないでくれよ」

「それは、あなたがお坊ちゃまで世間知らずだからですよ。それに、女というのは思っているよりもずっと現実的な物の考え方をするものなのですよ。あなたはちょっと人がいいというか、油断しているところがあるので、付け込まれやすいので特に要注意ですわ。それが原因で、順調にいっていた会社も畳むことになったでしょ。そこのところはお忘れにならないでくださいよ」

浩一は、会社を潰してしまったことに引け目を感じていたためか、奈穂子から言われたくないことを言われ、反駁する気も起こらず黙って運転を続けた。

多恵が入院した翌週早々、大腿骨頸部骨折の手術が行われた。手術前のバイタルサイン測定などを含め六時間程度の所要時間で、執刀医たちも手慣れた様子で、術中の問題もなく無事終了した。

手術の翌日から、リハビリが開始された。声の大きい元気そうな若手の理学療法士が担当であった。

「大森さん、今日から、リハビリ担当になった岩槻といいます。まずはベッドの上での簡単な動きをお手伝いします。来週からは立ち上がっての歩行訓練に入りますが、無理せず焦らずに頑張りましょう」

岩槻は、リハビリの大まかな計画や方法について、身振り手振りを加えながら説明を始めた。岩槻の快活で面倒見が良さそうなところが、入院して塞ぎがちであった多恵にとっては救いであった。ベッド上での訓練は問題なく終了した。

翌週から、リハビリ室での起立歩行訓練が行われた。入院患者の都合で、始まる時間はまちまちであった。

ある時、いつもより遅い時間での呼び出しがあり、終了後、岩槻に車椅子を押してもらって病室へ向かおうとしたところ、西側の窓から夕焼けが飛び込んできた。病室は一〇階で遮る高層建物もなく見晴らしはなかなかのものであった。

夜になると、一般状態のいい入院患者たちが窓際に陣取って、夜景を見ながら談笑する姿もよく見受けられていた。それでも、この日のような見事な夕焼けが見られるのは珍しかったのではないだろうか。雲の合間から時々、夕日が顔を覗かせることはあっても、窓から差し込む陽光でロビー全体が赤く染まる、まさに夕焼けという言葉に相応しい光景であった。

「岩槻さん、ちょっと待って、これ、この夕焼け凄くないですか？　しばらく見ていたいので部屋へ入るの、待っていただけます？」

多恵は、懇願するように岩槻に話しかけた。岩槻は多恵の言葉に頷き、車椅子を止めて窓のほうを眺めた。そこには、これまで見たこともない鮮やかな夕焼けが広がっていた。あたり一面が明るく照らし出され、何かに怒っているかのような凄まじいエネルギーみたいなものが溢れていた。

「そっ、そうですね。こんなに鮮やかな夕日というか夕焼け、見た記憶がありません。凄いですすね」

二人は、しばらく吸い込まれるように燃え盛る火の塊に見入っていた。ところが、十数分もすると、あれほど鮮やかだった夕焼けは陰りを見せ始めた。季節は真冬であったが、まさにつるべ落としのような勢いで陽光が沈み、薄明かりが漂い始めた。ロビーに照明がともるまではまだ時間があるのか、よくある夕暮れの時の姿に戻っていた。あまりの変化の速さに現実がついていっていないのか、二人は言葉を交わさずに、窓の外をぼんやりと眺めていた。しばらくすると、雲の切れ間から小さく丸い夕日が見え隠れし始めたが、これもすぐに地平線の彼方に姿を消していった。ロビーはすっかり暗くなり、照明が灯るのを待ちわびているようであった。

多恵は、全身の力が抜けていったように溜息をついた。

「岩槻さん、今の夕焼けすごく見事だったわね。だけど、ほんの束の間、あっという間に日が沈んで、今はこのとおりの薄暗さ。私、この薄明かりを見ていると、なんだか……これからの私の先を暗示しているような気がして、なんだかとても胸苦しい気持ちになってきましたわ。気のせいかしら？　それとも、さっきの鮮やかな夕焼けは幻だったのかしら？」

多恵は、答えを求めるふうでもなく力なく呟いた。気がつくと、とめどなく涙が溢れ始めていた。

「大森さん、何を言っているんですか、夕日を見れば誰だって、センチメンタルな気分になりますよ。さっきの夕焼け、あれだけ凄いのを見られたんだからラッキーですよ。さぁ、お部屋に戻って、もうすぐ夕食の時間ですから。また、明日からリハビリ頑張りましょう」

それまでは心地よく感じていた岩槻の励ましの言葉も、この日ばかりはありきたりの挨拶程度にしか思えず、むなしく響いていた。

岩槻は、多恵がいつになく消沈している様子が気になったが、元気づけるよう言葉がけをして部屋へと連れていった。

多恵は、鮮やかな夕焼けが現れ、見とれている間もなく姿を消し、静寂な薄明に包まれるという、経験したことのない出来事が強烈に目に焼き付いて離れなかった。それが多恵の心細さといいようのない不安を掻き立てていた。すると、それまで気に留めないようにしていた奈穂子からの仕打ちが思い出されてきた。心の底にずっしりとのしかかる重りのようなものを感じ始めていた。

奈穂子が、ことあるごとに物がなくなったことを遠回しに多恵のせいにしたり、何度も同じことを聞いていると咎めたり、物忘れがひどくなったことやうっかりミスが多いことを皮肉めいて言うことが、五月雨のように多恵の脳裏を駆け巡り始めた。

奈穂子が露骨に物忘れなどを咎め始めた頃は聞く耳を持たず無視していたが、病院へ行ったことをきっかけに認知症の記事などを読んだり、テレビ番組を見るようになり、多恵自身も物忘れがひどくなったことを自覚するようになり、本当に認知症になっているのではないかと不安になっていった。息子の浩一に相談しようと思ったこともあったが、余計な心配をかけたくないのと、そのことを奈穂子に話すのではないかということが気になって胸の内に収めていた。そういったことが一気に湧き起こり、腹の中に巣食った寄生虫が暴れているような苦しみを感じ始めていた。

岩槻が気を使って病室まで送ってくれたが、一向に多恵の心が晴れる気配はなかった。しばらくして夕食の時間になったが、全く食べたい気が起こらなかった。いつもは完食していたが、この日はほとんど手を付けることができなかった。消灯時間になっても、もやもやと襲いかかる正体不明の不安感にさいなまれ、なかなか寝入ることができなかった。ようやく眠りについたと思ったところ、動悸を感じて目が覚め、結局断続的にしか睡眠をとることができなかった。

この日を境に、多恵の様子は明らかに変化を見せはじめた。口数が少なくなり、食事も満足にとらなくなった。これまで快活に答えていた岩槻の問いかけには上の空で返答を返すようになったし、自ら話しかけることもなくなった。熱心に参加していたリハビリも意欲が失せはじめ、早く切り上げることが増えてきた。見かねた担当の看護師が主治医に、うつ病ではないかと申し送ることがあった。

「先生、大森さん、最近すっかり元気がなくて様子がおかしいんですけど。食事もあまりとらない、口数も少ない、なんだか活気が全然なくて、ひょっとすると、うつ病じゃないかと気になります」

多恵の回診から戻り詰め所でカルテ入力をしていた川上医師へ、看護師の伊藤が、あまり自信のない様子で報告した。年齢は二〇代中頃であろうか、整形外科病棟担当で精神科のことは経験が乏しいのか、どこか遠慮気味であった。

「確かに言われてみれば、ここ一週間はだんだんと元気がなくなってきているなという気がしていたんだ。だけど、入院すると環境の変化とか孤独感が増してきて、一時的にそういう感情にさいなまれるというのは珍しいことじゃないんだよ。はじめの頃は元気そうだったし、うつ病とかいうより、何か気になることがあったとか、何かのはずみで思い出したとか、そんなことかもしれない。ちょっと今は断言できないな」

「そうすると、抗うつ剤を出すとか、精神科のほうへコンサルト（相談）するとかはしなくてもいいのでしょうか」

先ほどまでの遠慮した感じとは打って変わって、ちょっと出過ぎたことを言うタイプだなと感じた川上は、不機嫌を隠そうとせず、不愛想に返答した。

「そう、まだ、そこまではしなくても大丈夫、前医の出していた薬を出してもいいんだけど、様子を見て悪くなるようだったら考えてみるよ」

ところが、多恵の活気低下は、その後も改善の兆しを見せないでいた。奈穂子は数日おきに病棟を訪れ、日常生活用品などを持ち込んでいた。多恵の様子が沈みがちになった翌々週、伊藤看護師は奈穂子と遭遇した。多恵がリハビリへ出かけている時間帯のことだ。

伊藤は、多恵の様子がおかしいのにまるで気にもとめないふうの川上に疑問を抱いていることもあって、家族に状態がおかしいことを伝えておかなければという義務感を感じていた。

「大森多恵さんのご家族の方ですか？　私、担当している看護師の伊藤といいます。実は、最近、多恵さんの様子がおかしく感じているのですが、ご存じですか？」

奈穂子は、突然、改まったふうに話しかけてくる伊藤の勢いに少々戸惑いを見せた。

「ええ、長男の嫁ですが、何かあったのですか？」

「それが、入院したての頃はお元気だったのですが、先週から、急に元気がなくなって……。まるで、うつ病の患者さんみたいなんです。主治医に相談してみたのですが、気にしなくていいと取り合ってくれなくて。それで、様子を見ていたんですけど、一週間ほど前から、消灯時間になっても部屋に戻らず、ようやく就寝したかと思ったらまた夜中に起きて、車椅子を一人で操作して窓側のところへ行って、ぼんやり外を眺められているんです。注意して戻ってもらっているんですけど、もう毎晩で、昨夜は歌でも歌っているのか、何か一人でぶつぶつ呟いているのか、かなり様子がおかしかった気がします」

「そうなんですか？　確か、うつ病じゃないかと言っておられましたよね。それは、うつ病じゃなくて、きっと認知症の精神症状だと思いますわ」

「えっ、認知症ですか？　でも、多恵さんは受け答えとかはしっかりしていて、とても認知症には見えないんですけど」

「そうなんです、よく間違えられるんですけど、なんでも斑様の認知症状をきたす病気があって、初めのうちは認知症だと気がつきにくいらしいですの。実は、ここへ来る前にH医大病院で検査を受けているのですけど、どうやら義母はその斑様の認知症をきたすタイプらしくて、夜中に起きているとかいうのは、夜間せん妄という怖い症状の前触れというのを聞いたことがありますの」

「すみません、私、そちらのほうは正直、勉強不足なので、あまり自信がないのですが、言われてみますと、最近の多恵さんを見ていると、認知症の症状かもしれません」

「伊藤さんでしたね、川上先生は外科の先生であまり精神的な面では理解してくれないみたいなので、どうか精神科の先生に診ていただくようにしていただけませんか？夜間せん妄なんて症状が出たら、病院にも迷惑をかけますので、少々きつめの睡眠薬でも構わないので、夜はちゃんと寝ていられるようにしておいてください。お願いしますわ」

「分かりました。ここの病院は当直が二人体制で、精神科のドクターが入るときがあるので、その時に相談してみます」

伊藤が多恵と話をした三日後は、夜勤で精神科の林医師が当直に入っていた。

その夜も多恵は病室から出て、窓からぼんやりと外を眺めていた。伊藤は、ちょうどいい光景を見せられると思い、林へドクターコールを入れた。一五分ほどすると、まるで昼寝しているところを起こされて機嫌が悪いといった様子で、整形外科の詰所へ入ってきた。四〇代の、恰幅のいい、どこか暑苦しい感じのする医師であった。

「先生、大森多恵さんという方で、ほら、あそこにぼんやりと佇んでおられるでしょ」

伊藤は、林がどこか不機嫌そうな感じなのを知ってか知らずか、早速用件を切り出した。

「ご家族の方に伺ったのですが、H医大病院では認知症の診断を受けて、あんなふうに夜起き出しているのは夜間せん妄の疑いがあるので、しっかりと眠らせておいてくださいということでした。主治医の川上先生はあまり精神症状には興味がないみたいなので、何か処方をお願いします」

「そうだな、川上先生は外科だから、こういったデリケートなことには興味がないかもしれないな」

林は、外科の医師に日頃からコンプレックスみたいなものを感じていたのか、少々優越感に充たされ、機嫌良さそうに多恵の電子カルテを開き、紹介文章などを読み始めていた。

「そうか、漢方薬とオランザピンか、ちょっと量が少ないな。寝かそうと思ったらちゃんと睡眠薬を処方しないとだめだな。他科のドクターは精神科の薬を遠慮しすぎていてしっかり治療できないんだよ。この人の場合だと、フルニトラゼパムかニトラゼパムあたりでぐっすり寝てもらわないとね。あの様子だと昼間も何か問題起こすかもしれないので、エチゾラムでも処方しておこうか。あと、効き目が弱かった時のために、リスペリドンとジアゼパムの注射を処方しておくよ。これで、ぐっすりだろうね」

根が単純なのか、林は伊藤の返答を求めるわけではなく饒舌にまくし立て処方箋を打ち込むと、そそくさと引き上げていった。

翌朝から、林の処方した薬剤が多恵に渡されたが、活気低下などの症状が改善されるどころか、日中も眠り込み、リハビリにも参加しなくなっていた。表情もどこか締まりがなくボーッとしていることが多くなった。同室の患者やスタッフたちも多恵の急激な変わりように気がついていたが、遠慮しているのか誰も話題にはしていなかった。時折ではあるが訪ねてくる奈穂子や伊藤看護師は変化に敏感に反応すべきだと思われるが、どういうわけか二人とも示し合わせたように、何事もないふうに振る舞っていた。

奈穂子は、多恵の変わりようを見て、きっと伊藤が精神科の医師に何か申し伝えたのだろうと確信していたが、何も尋ねることはなかった。一方で、伊藤は精神科の薬剤が追加投与になり多恵の反応が鈍くなり始めた当初、何か大変なことでもしてしまったのではないかという戸惑いを感じていたが、次第に、これは認知症のどうしようもない症状の悪化に違いないと自身へ言い聞かせるようになっていた。

多恵が手術を受けて一か月ほど経った頃、有料老人ホームのアケソニアから奈穂子の携帯に連絡が入った。

「大森奈穂子さんのお電話でよろしいでしょうか？　私、アケソニアの福田と申します」

「はい、大森でございますが」

奈穂子は、アケソニアから電話がかかってきたのは予定よりも早く入所の空きができたのではないかと予想した。

「大森多恵さんの入所希望の件なのですが、先にお待ちいただいていた方たちのキャンセルが出まして、今、入所中の方が今月いっぱいで退所されるので、来月早々には入所できることとなりました。ご都合のほうはいかがでしょうか」

福田がてきぱきと用件を伝えると、奈穂子は予想があたったことに安堵の表情を浮かべていた。それは、予想というより期待が的中したふうでもあった。一〇分ほど奈穂子は福田とやり取りをしていたが、電話を切った後、「これから何かと大変」と自分に言い聞かせるように呟いて、足早に自宅へ駆け込んでいった。

翌日、奈穂子は担当医の川上を訪ねていた。

「先生、昨日、以前より申し込んでいました有料老人ホームの空きが出たという連絡がありました。来月早々には入所できるということなので、そちらのほうで話を進めていただけませんでしょうか」

川上は、奈穂子から改まって話があるというので何事だろうと思っていたが、いきなり病状も聞かずに退院につながる話を切り出してきたので、面食らっていた。

「大森さん、老人ホームの件は以前から伺っていましたが、まだ大切なリハビリの時期なので、退院できる状態ではありませんよ」

「えっ、退院は無理って仰るのですか。いつまで入院が必要とお考えなのですか？」

「そうですね、手術から最低三か月は必要なので、早くても退院はあと二か月ほど先になるかと思います」

「それだと、せっかく回ってきた部屋が取れなくなります。一週間以内には返事をしないといけないので困りましたわ。何とかなりませんでしょうか」

「そう言われましても、我々も手術治療した責任があるので、無茶なことはできませんので」

「だったらどうでしょう、向こうの施設のリハビリとか整っていたら大丈夫じゃないのでしょうか」

「うーん、その場合はその場合で、今は大森さんの回復具合を見ないと何とも言えませんね」

奈穂子は、川上が多恵の退院を渋っているようなので、ここでこれ以上話をしてもらちがあかないと思い、早々に切り上げた。


結局、アケソニアにはリハビリのスタッフや設備も十分整っていることを奈穂子が主張して、川上からは詳細な病状報告を書くということで半ば強引に退院を了承させ、翌月に入所することとなった。退院時の川上からの紹介状には、手術前後の経過の記載がされていたが、処方については鎮痛剤の頓服薬しか書かれていなかった。実のところ、川上は専門の整形外科領域のことしか興味がなかった。これは、医学の専門化・細分化が進みすぎて、互いに専門外の領域には口を挟むべきではないという暗黙の紳士協定ができ上がっていることも影響しているのかもしれない。特に、川上のような外科系の医師は自己の専門領域にはプライドをもっているが、専門外については触れるべからずという風潮があった。多恵の場合も例外ではなかった。実のところ、川上は手術後は病室に多恵を訪ねてくることも稀で、岩槻などのリハビリスタッフや看護師からの申し送りを受けるだけであり、多恵の変調については全く気がついていなかった。つまり、川上から精神科のほうへコンサルトしたのではなく、看護師の伊藤が一方的に林へ処方を依頼して、それが林の名義で処方され続けていたので、川上は多恵が向精神薬を飲み続けていることすら知らなかったのである。

奈穂子は、多恵がこのまま眠っているような状態が続いていることを望み、林のほうから直接アケソニアへ紹介状を書いてくれるよう伊藤へ頼み、商品券と思われる謝礼と書かれた包みを手渡した。さすがに、この時は伊藤も奈穂子が何か企んでいるのではないかという疑惑が湧き起こりかけたが、詮索しても仕方のないことだと思いなおして、包みを受け取った。

「分かりました。多恵さんは認知症がひどくなってきているので、やはり専門の医師の書いた紹介状が必要だと思いますので、林先生にはしっかりと伝えておきます」

「お願いしますわ」

奈穂子は、伊藤の目をじっと見つめて念を押した。頷いた伊藤は、どこか含み笑いを残しているふうにも見えた。

多恵が総合病院へ入院した頃から浩一の仕事が増え始め、病院への見舞いなどは専ら奈穂子任せとなっていた。そんなこともあって、浩一は多恵のことについて自ら話をすることはほとんどなかった。当然のことながら、多恵が向精神薬を服用して傾眠状態にあることなど知る由もなかった。そんな調子であったたので、奈穂子からアケソニアへの入所が決まったことを聞かされたときも、多恵の手術後の回復具合を案じる気配はなかった。

浩一は仕事で遅くなり、奈穂子は多恵の退院、入所などの手続きで家を空けることが多くなり、二人が家の中で顔を合わせて話をすることがめっきりと減っていた。そんな中、多恵の退院を一週間後に控えた日曜日、浩一は何気なく奈穂子の部屋へ入っていった。寝室は夫婦別室なので、そこは奈穂子の寝室も兼ねていた。ほとんどの日曜日、浩一は休日出勤や仕事の付き合いでゴルフなどに出かけて日中は家にいることがなかった。たまに自宅にいることがあっても奈穂子も外出していることが多く、この日のように、日曜日の朝から浩一が自宅で一人きりでいるというのはほとんど思い出せないほど久しぶりに訪れた出来事であった。浩一は非日常に気が大きくなったのか、それまで奈穂子の部屋へ入っていこうなんて思いもしなかったのに、今になって好奇心が湧いてきたのであった。子供が知らないところを探検するようなわくわくするような単純な好奇心だったのかもしれない。それでいて、入ることを躊躇させる不安な気持ちも入り交じっていた。結局、怖いもの見たさのようなものが打ち勝って、奈穂子の部屋の扉を開けたのであった。だが、そこにはなんということはない平凡な部屋の作りが待ち構えていただけであった。自分の家なのに知らない家へ忍び込んでいるみたいな思いに捉われていたことに気がついて苦笑すると、浩一は隅に置かれた木製の小ぢんまりとした机の前に座り込んだ。

そこには投資関係のパンフレットが山積みにされていた。これが以前、奈穂子が言っていた多恵が勝手に集めている資料なのかと思って手に取ってぱらぱらと眺め始めた。ところが、山の間に挟み込まれた封筒の宛先は「大森奈穂子様」となっていた。どういうことなんだろうと怪訝に思って取り出してみると、全ての宛先が同一人物――奈穂子宛であった。浩一は胸騒ぎを覚えたが、気を取り直して引き出しを開けてみた。左下の引き出しの中には無造作に書類が詰まっていた。右下の引き出しには文具みたいなものが雑然と入れられていた。その下にある、机と離された三段の引き出しの上段を開けると、書類の束に紛れてDVDのケースが入っていた。題名は、「ガス灯」と書かれていた。おそらくモノクロだと思われる映画で、ケースの表紙は何かに怯える美女の写真であった。

(「ガス灯」？　知らないな、聞いたことがない。それに、なんで、奈穂子がこんな古い映画のDVDをもっているんだろう)

普段の浩一だと、そのままさほど気にも留めずやり過ごすところであったが、この日ばかりは、好奇心旺盛な少年のような気持ちが勝っていた。浩一はDVDを持ってリビングに向かうと、デッキに挿入してソファーにドカッと腰を下ろし、右頬をつきながら画面を見始めた。浩一が何かに夢中になったときによくする、子供の頃からの癖であった。

一時間ほどすると、浩一の表情から先ほどまでの余裕が消えていた。物語がクライマックスに近づくと、ソファーから立ち上がって見入っていた。画面にENDという文字が現れても、浩一は身動きできないでいた。どこかしら全身が小刻みに震えているようにも見受けられた。しばらくして、全身の力がすっかり抜け切ったようにソファーに沈み込んだ。

浩一は、朧げな記憶を辿り始めていた。奈穂子から、多恵が認知症ではないかと聞かされた当初はそんなはずはないと思っていたのが、次第に奈穂子の言うことが真実だと思うようになり、その経緯が今見た映画と恐ろしいほどに合致することに気がついた。さらに、思いめぐらせていると、どこかで「ガス灯」という言葉を見たことがあるような気がしてきたのであった。

浩一は、それまで認知症などとは無縁だと思っていたが、奈穂子の発言があってから認知症が身近な存在だと気がつき、この際、知識を得ておこうと、テレビで特集があれば録画して見てみたり、雑誌の特集などにも目を通すようになっていた。それなりに認知症というのを知ることができると、精神世界みたいなものにも興味がわくようになっていた。

そんなある日、書店で、精神世界と映画を扱った書籍を見つけ、目次を見ると興味深い内容が満載だったので、時間のある時にでも読もうと思って買っていたことを思い出した。そこに、「ガス灯」というのが書かれていたような気がした。浩一は、まだ自分自身を取り戻せずに長い眠りから覚めたようにボーッとしていたが、気を取り直して自分の部屋に向かうと、三か月ほど前に購入した書籍を手にした。浩一のおぼろげな記憶は的中していた。「カッコーの巣の上で」「レインマン」「レナードの朝」など、浩一が実際に見たことがあったり、題名を目にしたことのある映画に交じって、中ほどのところで、映画「ガス灯」と「ガス灯症候群」という見出しが書かれていた。

そこには、

(「ガス灯(Gaslight)」はパトリック・ハミルトンの戯曲を舞台化、映画化したサスペンス作品。一九四四年に公開されたハリウッド映画が有名で、主演のイングリッド・バーグマンがアカデミー主演女優賞を受賞した。資産家の女性から巨額の財産を奪うために、夫を中心に取り巻きの人々が共謀して、女性を精神病者に仕立てるというのが映画のテーマとなっている。この映画に因んで、認知症や精神疾患ではないのに周囲の人が精神病と診断してしまう状態を「ガス灯症候群」と呼ぶ……）

といった解説がなされていた。浩一の遠のきかけていた記憶が鮮明に蘇ってきた。ガス灯などという大正時代のモダニズムの象徴が妙に印象に残っていたのであろう。読み終えると空虚なまなざしで天井を眺めていた。

（まさか、奈穂子は「ガス灯」をヒントに母のことを認知症に仕立てようとしていたのだろうか）

俄かには信じられない、信じたくない疑惑が湧き起こっていた。

——奈穂子が、浩一に多恵がよくミスをしたり忘れものをしたり、紛失することが多いことをことあるごとに口にしていた。たくさん新聞を取るようになったとか、投資関係のパンフレットを集めているとか、夜中に起きて独り言を言いながらうろうろしている、認知症がひどくなっている、後見制を利用したほうがいい……。

ここ数年間の奈穂子の多恵に対する言動の数々が走馬灯のようによぎり始めていた。

しばらくすると、浩一は、突然何かを確かめたい衝動にかられ、再び奈穂子の部屋へ入っていった。このときは、先ほどのような奈穂子の留守に忍び込むというような引け目は全く感じていなかった。すぐに机の前に座ると、上段の引き出しから全ての中身を取り出して、一つ一つ丁寧に調べ始めた。それは、まるで警察官が捜査令状をもって家宅捜査しているふうでもあった。一時間ほど探索は続いた。その間、溜息をつき、考え込み、ふさぎ込んだりして、何度も中断することがあった。

捜索の結果、奈穂子が一〇年以上前から株とＦＸの投資を始め、三〇〇〇万円以上の借金を負っていること、そのためにさらに利息のかさむ借金をしていること、多恵を被後見人にするための手続きを進めていることなどが判明した。浩一は、当初は信じられない出来事の数々を現実のものとして受け入れることができないでいたが、想像を超える事実の連続が明らかになるにつれて、正常な感覚が麻痺したのか、後半はまるで他人事のように冷静に受け入れられるようになっていた。人は、経験したことのない出来事が突然嵐のように押し寄せてきて、自身のものとして受け入れる限界を超えたとき、自身とは無関係な出来事として振る舞う、自己防衛のような規制が働くのかもしれない。

——これからどうしよう、奈穂子に全ての事実を知ったことを告げて責任を追及するべきだろうか。果たして、奈穂子はそれを素直に受け入れるだろうか。きっと、上手い言い訳をして言いくるめようとするか、開き直るに違いない。それだったら、何も知らなかったことにしたほうがいいのかもしれない——。

浩一の頭の中を、相反する考えがあれこれと複雑に交錯し始めた。浩一にも弱みがあった。祖父の代から続いていた機械部品製造の事業を失敗させたことで奈穂子に嫌な思いをさせ、そのことが奈穂子を投資へ走らせたのではないだろうか。そう思うと、奈穂子に事実を知ったことを告げる勇気が失せてきた。このまま、何も知らなかったことにしたほうがいいのでないか。そんな思いが次第に大きくなっていた。何もかもあからさまにして話し合いをして理解し合うのが理想かもしれないが、実際には知らないほうが良かったことを知ることで、かえって対人関係がおかしくなることが多々見受けられる。浩一も例にもれず同じような経験を何度もしたことがある。

(やはり、現実と理想とは大きく乖離している。何も知らないこと、たとえ知ったとしても、知らないことにするほうが物事がうまく運ぶことが多いのではないだろうか)

浩一は、これまでの奈穂子とのやり取りや、奈穂子の非を認めないきつい性格を考えると、何も言わないほうがいいのではないかと思い始めた。

ふと、そのとき、浩一の頭の中をそれまで思いもよらなかった企みがよぎった。浩一にとっても、振り返ってみれば、好んで家業を倒産させたわけではない。バブル景気がはじけてからの先の見えない不況の中で、関連業者が煽りを受け、予想だにしないことが次々と起こったことが恨めしく思い出されてきた。奈穂子から咎められても反論することもできず、今は知人の会社を懸命に手伝い、生活の糧を得ている。浩一は奈穂子と違って、どこか割り切れるところがあり、あまり過去に拘泥しないで現実を受け入れやすい性格をしていた。このため、奈穂子が過去の贅沢をしていた生活が忘れられず昔のことをいつまでも言い続けるのを理解できず、耐えがたいところがあった。それでも、奈穂子に限らず、女性とはそういうものなのだろうと自身に言い聞かせ、納得させていた。

ところが、この日はいつもと違い、奈穂子の考え方がなんだかとても新鮮で魅力的なものに思えてきたのであった。あまりにも信じがたい事実が許容範囲を超えて襲ってきたためか、浩一の性格に、より現実的で打算的な考えが芽生え始めたのかもしれない。浩一にしてみれば、長男であったため家業を継いでそれなりに頑張ってきたのに、事業が失敗すると弟や妹とは疎遠になり、ろくに連絡も来なくなっていることも腹立たしく思えてきた。

八年前に弟の浩二へ、実家のほうへ移り母と同居する話をしたときも、そっけなく好きにすればいいという応対であった。このまま母の老後の世話をすることになるかもしれないと思ったが、何の気遣いのある言葉もなかった。さすがに浩一も、「だったら実家もこのまま頂くことになってもいいんだな」と言いかけたが、何とか堪えたことがあったことを思い出した。

妹の浩美は、「もう私は諸富家のほうへ嫁いでいるので、大森家のことには一切関与しないのでお任せいたします」というようなことを言っていた。

おまけに、浩一の長男と次男も社会人となり独立して家を出ているが、その後は一度も帰ってきたことがない。長男の孝男は大学卒業後商社へ入社して、五年前からベトナムへ赴任したきりで、電話も手紙もよこすこともない。次男の秀二は理工系の大学を卒業後、大学院へ進んだことまでは聞いていたが、その後どうしているのか連絡をよこさないので把握していない。

これまで、ほとんど想像もしなかったさまざまな出来事が脳裏を駆け巡っていった。

(どうせなら、奈穂子の企みに乗ってみるのもいいかもしれない。いざ、事業が失敗したとなると、みんな掌を返したみたいな態度をとっているではないか。まだ、そばにいてくれるだけ、奈穂子のほうがよっぽどまともじゃないだろうか。そういえば、寄与分がどうのとかいう話をしていたな……)

結局、浩一は、事実を知ったことは一切奈穂子には告げず、奈穂子の行動を見守ることに決めた。見守りながら、何かあればそれとなく協力をしようとすら思い始めていた。

　翌週、多恵は奈穂子に連れられて、アケソニアに入所した。都心から離れた閑静な住宅街にある施設は、まだ建てられて二年ほどしか経っておらず、三階建ての、淡いピンクに彩られた瀟洒な構えをしていた。奈穂子が入る部屋は二階の北向きの部屋の奥から三番目にあった。夏は暑さが和らぎそうだが、冬は日当たりが悪く寒さが厳しい感じがしていた。

　入所の手続きを済ませると、二人はスタッフに付き添われて部屋へ入っていった。多恵は、暁総合病院のリハビリ治療が終了していないうえに、林医師の処方した向精神薬の影響で傾眠状態が続いていたこともあって、車椅子での入所であった。二〇歳前後と思える小柄な女性スタッフは、部屋へ着くと、三〇分ほどで担当医の診察があるため、また迎えに来ると告げて出ていった。名札には村田と書かれていた。

建物も新しいが、施設のスタッフも若い。そのぶん経験が浅そうであったが、快活で愛想がいいという印象であった。老人施設も多様で、企業などが参入する有料老人ホームは競争が激しいため、料金が高めになるがサービスは充実しているところが多い。アケソニアも全国展開する大手のスーパーマーケットが運営するだけあって、顧客の視点というのを重視している施設と言えた。ところが、アケソニアのような有料老人ホームは、介護保険で運営される施設とは異なり医師や看護師が常在しないため、身体面で不安を抱える入所者は敬遠されることが多い。それでも、連携する医療機関から医師が往診に来るという形で、診察や薬の処方ができるようになっていた。

奈穂子が多恵の荷物を整理していると、先ほどのスタッフが来て多恵の車椅子を押して一階の奥にある小さな部屋へ入っていった。医療機関ではないが、そこが入所者の診察をする部屋であった。奥田と名乗った担当の医師は、年齢は七〇を優に超えた、八〇代ともとれそうな白髪の痩せた風貌で、物静かな印象であった。医師は多恵に聴診器を当てると、決められた流れ作業のように淡々と診察を行った。

奥田からの問いかけに対して多恵は頷きを返すだけで声を発することもなく、反応は鈍麻であった。奥田にとっては、多恵も高齢者によく見られる状態なのか、特に関心を示す様子もなかった。

「暁総合病院の川上先生からの紹介状が届いています。ここでもリハビリができるので毎日してください。お薬は、痛み止めの頓服と湿布薬を出しておきます」

奥田は、診察が済んだので退出を促す素振りを見せた。奈穂子は一瞬ためらったが、すぐに思い直して多恵の車椅子を押して部屋を出ていった。するとそこにスタッフの村田が待っていたので、奈穂子は多恵を部屋へ連れていってくれるよう依頼した。多恵の車椅子がエレベータのほうへ向かったのを確認すると、奈穂子は再び奥田のいる部屋へ入っていった。

「すみません、実はまだお話ししていないことがありまして、よろしいでしょうか」

奥田は新聞を広げて読んでいたが、奈穂子がノックもせずに改まった表情で入ってきたので、何かややこしいトラブルでもあるのかと思い身構えた。

「どうされましたか、何かお忘れになっていましたか」

「それが、先ほどは本人がいるので申し上げられなかったのですが、義母は認知症にかかっていまして、夜中に徘徊するとかの症状があって、ここでも迷惑をかけることがあるのではないかと心配しています」

「えっ、認知症？　確かにどことなくボーッとしている感じがしていましたが、お疲れになっているのかと思いました。それに、川上先生からの紹介状には認知症の症状や薬も書いてありませんでしたが……」

「実は、川上先生は整形外科が専門で精神科のことは全く無頓着で、私や病棟の看護師が申し出ても聞き入れてもらえなくて困っていました。それで、担当の看護師へ頼んで精神科のドクターへ相談して、お薬を処方していただきました。これが、その先生からの紹介状です」

　奈穂子は、伊藤へ依頼して手に入れた林からの紹介状を手渡した。奥田は封を開けて、紹介状を読み始めた。

「分かりました。林先生の紹介状で大森多恵さんが認知症で治療が必要だということが理解できました。お薬はどうしましょう。精神科の専門の先生へ相談しましょうか」

「いえ、それは結構です。これまでもいくつかの診療所や病院で診てもらったことがありますが、どこも義母の怒りっぽいことや被害妄想的なところや徘徊などの症状を改善することができなくて、ようやく林先生の処方で治まることができたので、どうか、ここでも、同じ処方を続けてください。正直、医療機関やドクターもさまざまで、ちょっとばかり信用をしなくなっていました」

奥田は奈穂子の懇願するような勢いに圧倒されたのと、ここで精神科のほうへ紹介して後からクレームでも言われると面倒なことになると思い、奈穂子の言い分を聞くことにした。

「ご事情はよく分かりました。それでは、引き続き林先生の処方されたお薬をここでも出しておくことにします」

「助かります。ありがとうございます」

奈穂子は、安堵の表情を浮かべて部屋を出ていった。

多恵がアケソニアへ入所してから一か月が経ったが、施設のほうからは多恵の状況について何も連絡が入ることはなかった。浩一と奈穂子も施設を訪れることはなかった。

「お義母さんも、施設へ入られてから落ち着かれているのかしら。向こうのスタッフも何かあれば連絡を入れますと言ってましたから、何も問題がないということなのでしょうね」

浩一は、仕事が早く済んだこともあって、久しぶりに自宅で奈穂子と夕食を取り、リビングのソファーに腰掛けてお気に入りのブランドビールを飲んでいた。

「そうだな、母さんも昔だったら、あれが嫌だこれが嫌だとか言って文句言いそうなんだけど、年を取ったというか丸くなったのかもしれないな」

奈穂子はオープンキッチンの隅で片付けをしながら、何かいいことでもあったのか機嫌良さそうに振る舞っていた。

「あら、もうお忘れになったのかしら、お義母さんは老人特有の病気がひどくなっていると言ったじゃありませんか。それでも、暁総合病院の林先生の処方で随分と良くなったみたいですわ。もう夜中に起きてぶつぶつと独り言を言ったりすることもなく、職員の言うことをよく聞く優等生の患者さんだったらしいですわ」

ほんの数か月前の浩一であれば、多恵の病状や変化について何も言わないことを咎めていたであろうが、この日は、いたく冷静に奈穂子の話を聞くことができた。もっとも浩一にとっては、奈穂子の企みを知ったことを気づかれないように、細心の注意を払う必要があった。

「あー、そうだったな。認知症がひどくなっているということだったけど、最近あまりそのことを聞いてなかったのは、薬が合ってたということなんだな」

浩一は、とぼけて応対したが、奈穂子と二人きりで自宅で寛いでいることに新鮮な喜びを感じていた。もう以前のような違和感を抱くことはなかった。

しばらく取り留めのない話を続けていると、奈穂子が用事を済ませたのかキッチンから出ていった。しばらくすると、書類の束をもって、一人掛けのソファーを浩一の前に押し進めて座り、強張《こわば》った表情で浩一を見上げた。

「ちょうどいい機会みたいなので、この際はっきりさせておきたいことがありますの」

浩一は、何を切り出そうとするのかおよその見当はついたが、

「なっ何なんだ、そんな改まって」

「いえ、改まってなんかいませんわ。ただ、あなたは優柔不断なところがあって現実から目を逸らすようなところがおありなので、私がしっかりしないといけませんので」

奈穂子は、ビールの栓を抜いて空になったグラスに注ぎはじめた。

「以前言っていたことを覚えていらっしゃいます？　お義母さんの後見制のこと？

認知症の問題行動のほうはお薬で何とか抑えられていますけど、もうご自身で正常な判断をすることは難しい状態ですわ、特にお金の管理とか危なっかしくて見てられませんわ」

やはり、奈穂子が言おうとしたのは浩一の予想どおり後見制のことであった。

「後見制……そうだったな、あれから調べてみたけど、手続きが複雑で面倒そうな感じだったけど」

浩一は、後見制というのを実際に調べていたが、多恵が後見制の対象になるとは思ってもいなかった。たとえ入院して状態が悪くなったとしても、後見制の対象になるほど判断能力が急激に失われるとは思われなかった。本来なら、奈穂子が後見制の話を出したりすると、強く反発するはずであったが、やはりこの日の浩一は違っていた。むしろ、奈穂子の言うことを遠回しながら肯定して、邪魔をしないような配慮が見られていた。

「大丈夫ですわよ。こういうことは法律の専門家に任せておけば問題ありません。この間、山際さんにご紹介いただいただいた小亀弁護士さんのところへ行って、全部説明していただきましたの。当面、必要な書類もここに用意してありますわ」

奈穂子は、持ってきた書類の束をそろえて、浩一の前に差し出した。

「なんだ、もうそこまで話を進めていたのか。相変わらず、手を打つのが早いな」

浩一は、奈穂子に目に見えないエールを送っているようでもあった。

「そうですわよ、特に金銭がらみの話は放っておくと、後で大変なことになりますから。こうして、後見制度を利用しておけばお義母さんに勝手にお金を使われる心配はありませんから」

「ということは、お金の管理は誰がするんだ？」

「もちろん後見人になるあなたですわ。だけど、あなたは金銭の管理が苦手ですので、実際には私が管理することになりますわ」

やはり、そういうことだったのか。浩一は反発する気力もなく妙に納得させられていた。むしろ、これで弟や妹たちに気兼ねなく多恵の持っている資産を自由に使えるのではないかという期待が湧き起こっていた。浩一は事業を倒産させ、多恵のいる実家へ転がり込むこととなったが、多恵からは金銭的援助は全く受けていなかった。多恵は事業の倒産の連体責任を負っていないため、多恵自身の預貯金や株などの資産は影響を受けておらず総額は億単位に上ると推定されるため、浩一にとってはこのうえもない魅力的なことであった。

「まあ、今は細かいことはいいから、大体のことを教えてくれないか」

「はい、これから説明いたしますけど、たくさん目を通して、署名もいっぱいすることになりますわよ」

「分かった、分かった。ちょっと待ってくれ」

浩一は、残りのビールをグラスへ注いで飲み干すと、トイレへと向かった。戻ると再びソファーに座り、先ほどの寛いだ雰囲気とは打って変わって、真剣な表情で書類に目を通し始めた。

浩一夫婦の住む市から二〇キロメートルほど離れた郊外の閑静な地区に、浩一の妹、浩美夫妻の住宅があった。浩美は大学卒業後、東京の商社へ就職してキャリアを重ねていたため、結婚したときは三〇歳を超えていた。相手の諸富氏は仕事先で知り合った製薬会社の社員であったが、同郷で、結婚後は浩美の実家の近くで住むことができるということが結婚を決意する動機の一つになっていた。浩美なりに両親の老後のことが気になっていたが、二人の兄を頼れそうにないため、何かあれば駆け付けられる距離にいるという安心感と、さらに言うと義務感みたいなものを感じていた。

浩美が諸富家へ嫁いでから一〇年ほど経って、家業を倒産させて大森家の実家へ移り住んだと、兄の浩一から事後報告を受けた。勝手に決められたことに対する戸惑いもあったが、一安心するとともに兄の気ままな性格を思うと何を言っても聞く耳がなさそうなので、お任せいたしますとだけ返事をしていた。それでも、折り合いの悪い浩一の嫁の奈穂子が何か良からぬことでもするのではないかと気になっていた。

多恵がアケソニアに入所して二か月が経った七月の下旬、浩美の自宅へ長男の正一が帰省していた。正一は、ソーシャルワーカーになるという将来の夢があり、社会福祉士、精神保健福祉士の資格を取得すべく東京の大学へ進学していた。入学後はあまり帰省することはなかったが、今回は実習先が自宅の近くにある精神科病院のため、一か月程度滞在する予定であった。

「母さん、来週から草間病院で実習が始まるんだ。大学で福祉を勉強していると高齢者の問題とかが身近に感じられて、実習前に多恵祖母《ばあ》さんに会いたくなったから訪ねてみようと思うんだけど、どうだろう」

正一は、夕食後、片付けをしている浩美に問いかけた。正一の姉の直子は大学卒業後、名古屋の出版社へ就職しているが、正一と同様、実家へ帰ってくることは稀であった。家族全員が揃って食事をすることはとても難しくなっているが、これはどこの家庭でも見られる当然の現象のように正一は感じていた。しかし、かつての家父長制の大家族制のことを学んでいると、祖父母のことが懐かしく思い出されることがあった。

「そうだね、正一は小さい頃は、お祖母ちゃんに可愛がってもらってとても懐いていたからね。久しぶりにゆっくりいられるんだったら、一度、訪ねてみたらどうかしら。お祖母ちゃんも、きっと喜ぶはずよ」

「だけど、もう一〇年近く会ってないんで、突然押しかけたりしておかしくないかな。どうやって連絡入れようかな」

「まあ、なんて他人行儀なことを。孫なんだから堂々と連絡すればいいだけのことでしょ。ただ、今はお母さんのところに兄さん夫婦が一緒に住んでいるので、浩一兄さんにもちゃんと挨拶しておくのよ」

「えっ、知らなかった。浩一伯父さんと一緒なの？　だけど、奈穂子伯母さんが性格きつそうで、ちょっと苦手だなあ。まあ、そんなことも言っていられないから、とりあえず連絡入れてみるよ」

正一は、お茶を飲み干すと、手付かずになっている自分の部屋に久しぶりに入っていった。

翌日、正一は多恵の家へ電話を入れたが、日曜日だというのに反応がなかった。なんだか気になったため、直接出向いてみようと思い、父親の車を借りて多恵の家へと向かった。

小一時間ほどで多恵の家へ着いた。一〇年以上前に訪れて以来だったが、思ったより小ぢんまりと感じられた。子供の頃は、とてつもなく大きい豪邸と感じていたが、今、改めてそこに立ってみると、ごく普通に見られる、ちょっと大きめの住宅の一つに見受けられた。成人すると、子供の頃の感動が薄らぐのか、極めて現実的に見るようになるのか、正一は不思議な感覚に浸っていた。

しばらくして正一は思い直してインターホンを押してみたが、応答はなかった。時間は午後二時を過ぎていた。

正一は、夕方にもう一度来ようと思い、いったん引き返すことにした。時間潰しに周辺をドライブするのも悪くはないなと気を取り直して、車に乗り込んだ。小さい頃に夏休みとか冬休みとかに訪れてわくわくした場所であったが、近くにあった田んぼや畑のあった場所にはマンションやビルが立ち並んでいた。ゆっくりと眺め回すように運転したが、期待していた郷愁を感じさせるものは何も発見することはできなかった。結局、どこでもお目にかかるファミリーレストランへ車を止めて、日が暮れるのを待つこととした。

正一は、再び多恵の家を訪ね、インターホンを押してみた。これで反応がなければ諦めて帰るつもりであった。ところが、男性の声で応答があった。

「どちら様ですか」

「突然、お訪ねして失礼します。諸富です、諸富正一です」

「えっ、正一君？　ちょっと待って」

浩一は、慌ただしく玄関の扉を開けた。

「なんだ、浩一君じゃないか、随分と久しぶりだなあ。どうしたんだ？　急に、何かあったのか？　まあいい、中へお入り」

浩一は、自分の子供たちが訪ねてこないところへ、甥っ子と会えたことがよほど嬉しかったのか、大袈裟に感動を表現していた。そして、リビングへ正一を招き入れると、コーヒーをいれたカップを差し出した。

「いやー、本当に久しぶりだね。元気にしていたの？」

「はい、東京の大学へ入学して、もうこちらのほうへもあまり帰っていませんでした」

浩一と正一は、何だかんだと四方山話をしていた。

一時間ほどすると、正一が多恵のことを切り出した。

「ところで、多恵祖母さん見かけないけど、どうかしたのですか？　旅行とかに行かれているんですか？」

浩一は、正一から多恵のことを聞かれるのではないかと懸念して、できるだけ多恵の話題にならないようにしていたが、観念したかのように説明し始めた。

「実は、祖母さん、二、三年前から何かと具合が悪くなって。認知症の症状が出始めてね。転んで骨折して入院していたんだけど、認知症が悪化して病院で見るのは難しいということで、今は施設に入所しているんだ」

「認知症って、そんな……。あのしっかりした多恵祖母さんが認知症だなんて信じられない。何か、具合が悪ければ連絡があると思っていたので、元気だと思って会うのを楽しみにしていたのに、どうして、入所だなんて……」

　突然の浩一からの宣告に対して、正一は驚きを隠せなかった。何かの間違いじゃないのか、まだ告げられたことが受け入れられなかった。それに、どうしてそんなに悪いのに病状について何も知らせてこなかったのか、浩一たちに対する疑惑など複雑な思いが駆け巡った。

　正一は多恵の病状や経過などについて尋ねてみたが、浩一の返事はどこか上の空で、まるで他人事を語っているふうにすら見受けられた。

「それで、今、どこの施設に入所しているのですか？」

「うっ、うん、アケソニアという有料老人ホームなんだけど、お祖母さんすっかり反応が鈍くなって、正一君のことが分からないかもしれない。行ってもがっかりするだけかもしれないよ」

浩一は、さすがに多恵が入所した施設の名前まで隠すと怪しまれると思い、施設名を言ったが、血気盛んに見える若者が余計なことをしてくれなければいいが……という思いが込み上げてきた。

正一は七時頃まで浩一と話していたが、奈穂子の姿は見当たらなかった。突然訪ねた失礼を詫び、話をしてくれた礼を告げると、正一は自宅へと車を走らせた。

自宅へ戻った正一は、多恵が認知症で入所していることを話した。浩美も正一同様驚いていたが、正一からの施設を訪ねようという誘いには、今はそっとしておいたほうがいいとたしなめた。

浩美の忠告が納得できない正一は、翌日、一人で、多恵の入所するアケソニアを訪ねた。受付で多恵の孫であることを告げると、担当の村田が案内してくれた。

二階の個室へ入ると、ベッドの上で眠り続けている多恵がいた。正一の知っている多恵は、誰よりも元気そうに正一の名前を呼んで可愛がってくれた。しかしその姿はそこにはなかった。正一も、年数が経っているのでさすがに昔の元気いっぱいの姿までは期待していなかったが、年齢相応に応対してくれるのではないかと思っていただけに、目の前の現実は過酷なものであった。多恵は微動だにしないで、昏々と眠り続けていた。正一は気を取り直して、呼びかけてみることとした。

「祖母さん、多恵祖母さん。お久しぶり、正一だよ。元気でしたか？」

周りに驚かれない程度の大きな声で話しかけたが、反応はなかった。正一は、多恵の身体を抱きかかえて耳元で話しかけた。しばらくすると、多恵は何かに気がついたのか、うっすらと目を開け、天井を眺めた。

「正……正一？」

そう呟くと、目を閉じて眠り始めた。正一はいったい何が起こったのか全く理解できなかった。何とか自分を取り戻そうと気を張ると、横にいる村田に尋ねた。

「お祖母さん、ずっと眠っているのですか？」

村田は、正一の質問に対して、どこまで知っていることを言っていいのか戸惑っていた。

「ええ、入所された頃からあまり反応がなくて、うとうとされていることが多かったのですが、最近は特にひどくなられて、お食事もあまりとられていません」

「食事がとれてないって、かなり具合が悪いんじゃないか。診察とかはどうなっているのですか？」

「入所されたときから、以前入院されていた病院で飲まれていたお薬を引き続いて飲んでおれるのですが、飲まれるたびに具合が悪くなっているような気がして……」

「えっ、薬って、どういうことですか？」

村田は、正一が多恵の様子に驚いているのを見ると、もう知っている限りのことを全部話したほうがいいのではないかと思い始めていた。

「それが、骨折で診ておられた整形外科からは痛み止めのお薬だけだったのですが、精神科のほうからも別に紹介状があって、そちらのほうのお薬もこちらで引き続き飲んでいただいているのです。ただ……それをお飲みになるたびにどんどん状態が悪くなっている気がしています。ひょっとすると睡眠薬や安定剤が効きすぎているのかもしれません。時間によっては、しっかりとお話ししてくださるときもありますけど、最近は昼間でも眠っている時間が長くなってきているので心配なんです」

「薬って、精神科の薬のことか……」

浩一は、大学の授業で、高齢者に投与される向精神薬の弊害について学んでおり、村田の言っていることに納得できた。

「すみませんが、そのお薬というのを見せてもらえませんか」

「こちらが、その精神科で出されている処方です」

村田は、小分けにされた薬と処方薬の説明書を見せた。

「ああ、これだけ飲んでいるのですか。すみません、写メを取らせていただきます」

正一は、ポケットからスマートフォンを取り出すと、処方説明書の写真を撮った。

撮り終えると、村田という職員の素直そうな態度に信頼を寄せたのか、しばらく質問を繰り返していた。

「それから、このお話までしていいのかと思いますが……」

「どうしたのですか、この際だから、気になることは全部話してください」

「実は……」

村田は躊躇したが、正一の勢いに圧倒されていた。

「実は、私、事務所で、多恵さんの件でご家族と思われる方がお話ししているのを耳にしたのですが、後見制という言葉が何度か出ていました。ひょっとすると、多恵さんに後見制度を適用されているのかもしれません」

村田は、最近はプライバシーとの問題とか煩わしいことが多く、孫とはいえどこまで知っていることを話していいのか分かりかねていた。ここまで話すことは問題があるかもしれないと思った。だが、このときは、たとえ少々問題があったとしても、介護職員としての義憤みたいなものを感じており、問題があっても構わないとすら感じていた。

正一は、想像だにしなかった言葉が出て思わず言葉を失った。浩一と奈穂子に対する疑念が確信に変わっていった。

(暁総合病院、ともかく次はあの病院へ行って聞いてみる必要があるな)

正一は、実習の日が近づいていたが、時間を見つけて暁病院を訪ねて調べる必要があることを感じた。

「村田さんでしたね。本日は、お祖母さんのことでご親切な説明をしていただいてありがとうございました。あと、どうやら、キーマンは伯父さん夫婦みたいなんですけど、今回の入院、入所のことは私たちへは何の連絡もなかったので、どうか、お祖母さんに何かあったら、こちらへも連絡をください」

正一は、自分と浩美の携帯番号を書いたメモを村田へ手渡して、感謝の意を述べると、アケソニアを後にした。

多恵のもとを訪れた後、正一は暁総合病院へ行く日を探していたが、病院実習が始まったため思うように予定を組めずにいた。やきもきしていたところ、実習が始まって二週間経ったとき、正一の携帯電話に村田から連絡が入った。

「はい。諸富です」

「諸富さんですね？　アケソニアの村田です。大森多恵さんの件ですが、実は、午後のリハビリをされているときに転倒されて動けなくなってしまいました。救急隊へ連絡したところ、骨折の疑いがあるということで、先ほど暁総合病院のほうへ搬入されました」

「えっ、転倒……骨折ですか？」

「はい、救急隊員の方はそう言っていました。施設のほうからは大森浩一さんへ連絡を入れていると思いますが、諸富さんから先日、何かあれば連絡をするように言われていましたので、気になってお電話させていただきました」

「わざわざ、ご連絡いただいてありがとうございます。伯父たちは、このことをおそらく知らせてくれないので、村田さんから連絡がなければお祖母さんの骨折のことは知ることがなかったと思います。これから、病院のほうへすぐ向かいます」

「そうですか、お役に立てて良かったです。担当の奥田先生は、整形外科の川上先生宛に紹介状を書かれていたので、川上先生を訪ねられればいいかと思います」

正一は、村田に重ねて礼を述べると、すぐにタクシーを拾い駅へと向かった。その日、車は両親が使っていて、足がなかったのだ。実習が午後四時過ぎに終了して、自宅にいたが、電話を受けて居ても立ってもいられず、自宅を飛び出していた。

暁総合病院へ着いたのは午後七時近くであった。時間外の入り口から入り、大森多恵の家族であることを告げて病室へと向かった。前回入院したときと同じ一〇階の整形外科病棟で、病室は東側の列に位置していた。

ちょうど夕食が終わった時間と重なったのか、看護師や看護補助の職員が慌ただしく動き回っていた。正一は誰に声をかけていいか分からなかったので、「東10.」と書かれた詰め所へ入っていった。

「すみません、大森多恵の家族の者ですが、先ほど骨折で入院したと聞いて見舞いに来ました」

デスクに向かい書類を書いていた年配の看護師が振り向き、

「あっ、大森多恵さんのご家族の方ですが、先ほど病室のほうへ入られて休まれていますけど、担当医がもうすぐ戻ってきますので、そちらへお掛けになってお待ちください」

と返答すると、カウンター近くの椅子を指し示した。正一が腰かけて待っていると、五分ほどして川上医師が現れた。川上は先ほどの看護師から正一が訪ねてきていることを聞くと、正一の前に座り挨拶をした。

「初めまして、大森多恵さんの担当医の川上です。前回入院されたときも手術を執刀しています」

「孫の諸富といいます。先ほど施設のほうから骨折の疑いで入院したと聞かされて、アポイントもとらず押しかけて申し訳ありませんでした。どうなんでしょう、やはり骨折しているのでしょうか?」

正一は、尋ねたいことがたくさんありすぎるのか、挨拶もそこそこに質問をぶつけた。

「ええ、入院されてすぐにレントゲン写真を撮りましたが、前回と同じ大腿骨頸部を複雑骨折していました。今回は時間のかかる手術が必要だと思います」

「やはり、骨折でしたか。それで、手術は大丈夫でしょうか？　最近は日中も眠っていることが多く、あまり全身状態が良くないみたいなんですけど、手術すれば元に戻るのでしょうか？」

「今回は前回の手術から間がない再骨折なので、かなり難しい手術になるうえ、元通りに歩けるようになるか定かではありません。それより、先ほど言われていた、日中よく眠っていて活気がないということが気にかかります」

「そのことなんですが、入所していた施設で確認したところ、こちらの精神科からの退院時処方でかなり多くの安定剤や睡眠剤が出されていたみたいなんです」

「そうなんです。私のほうからは疼痛時の頓服薬しか処方していなかったのですが、アケソニアからの紹介状には、たくさんの向精神薬が書かれていますね」

「実は、こちらの精神科の林先生が別途紹介状を書かれていたみたいなんです」

「えっ、林先生からって？　ちょっと待ってください」

川上は電子カルテに向かい、画面をスクロールさせて、多恵の退院時の記録を調べ始めた。

「どういうことなんだ……」

川上の表情が険しくなった。

「諸富さん、今調べましたところ、大森多恵さんは退院の三週間ほど前から林先生のほうから向精神薬が処方され、退院時にはかなりの量が処方されていますね。私のほうから林先生のほうへ診察依頼したことはないので、どうやら当直のときに何かあって診察したのがきっかけかもしれませんが、私は何も報告を受けていません。といっても、これは言い訳にはなりません。医師間の連携ミスですが、私の確認ミスになります。確かに、大森さんが夜間眠れていないようだという報告を受けていたので、日中うとうとされていることがあってもあまり気にとめていませんでした。整形外科専門ということで、精神状態に対する配慮が欠けていたかもしれません。誠に申し訳ありませんでした」

川上は、正一のほうへ向かい直して、深々と頭を下げた。

「先生、どうしてこんなことになったのかよく分からないのですが、これ以上、祖母の状態が悪くならないようにお願いしたいのです。安定剤とか必要なんでしょうか？できれば、今は何も服用しないで様子を見ていただければと思っています」

「仰るとおりです。しばらくは、向精神薬は抜いて様子を見てみたいと思います」

川上はバツが悪いのか、低姿勢で病状や今後の方針などについて改めて丁寧に説明を繰り返した。

正一は、病院実習を終えると暁総合病院へ直行するようになった。多恵が入院して三日後に、受け持ちの看護師が挨拶してきた。

「こんにちは、大森多恵さんのご家族の方ですか？　私は、大森さんの担当をしている看護師の藤井といいます。よろしくお願いいたします」

二〇代半ば頃と思える看護師は、愛想のいい笑顔を浮かべていた。

「担当の看護師さんですか、孫の諸富といいます。こちらこそよろしくお願いします」

正一は、多恵の病状が暁総合病院の入院で悪化したことにより、この病院には全幅の信頼はおけていなかったが、藤井の笑顔を見て安堵の表情を浮かべた。

多恵は相変わらず傾眠状態が続いており、点滴による栄養管理が行われていた。多恵が入院したことは浩一と奈穂子へも連絡されていたが、奈穂子が一度病院へ訪ねて来ただけであった。

入院して一週間ほど経った頃、多恵の傾眠状態が改善してきていた。正一は、多恵がはっきりと開眼しているのを確認した。

「祖母ちゃん、多恵ばあちゃん。正一、正一だよ。覚えてる？　お久しぶり」

多恵は、突然、快活な声で呼ばれて驚いたふうであったが、すぐに声の主のほうを振り向いた。

「正一？　正一なの？」

「多恵祖母ちゃん、正一だよ」

「ああ、本当、正一だね。元気そうだね。だけど、私は何でここにいるのかしら？　ここは病院みたいなんだけど、なんだかとても長い間ずっと眠り続けていたような気がして……」

多恵は、冬眠から覚めた野生動物のような心境であったが、どことなく清々しさが漂っていた。

「祖母ちゃん、ここは、暁総合病院の整形外科病棟だよ。いろいろあったけど今は骨折した足の治療で入院しているんだよ。大丈夫だよ、何も心配しなくてもいいよ」

「そうかい、暁病院なんだね。何となく、その名前に覚えがあるよ。今は、はっきりと思い出せないけど……」

正一は、ようやく昔の元気だった頃の多恵の姿を垣間見ることができて、喜びが込み上げてきた。その日は、多恵と正一の本当の意味での再会といえた。二人は長い間話し込んでいたが、面会終了の時間になり、正一は多恵へ暇《いとま》を告げて病室を出た。すると、看護師の藤井が追いかけてきてた。

「諸富さん、多恵さんがお元気になられて本当に良かったですね」

「ええ、今日は、お祖母さんがはっきりと話をしてくれて驚いたんですが、とても嬉しかったです」

「ところで、多恵さんの件なのですが、精神科のお薬を抜かれて具合が良くなられたみたいなので、やはりお薬の影響がかなり悪かったのではないかと思います。それに、申し送りでは重い認知症にかかっているということでしたが、今の多恵さんの具合を見ているととても重い認知症には見えません。この際、神経内科専門の先生に診ていただくというのはどうでしょうか」

「神経内科?」

「ええ、神経内科だと認知症をかなり専門的に診てくださるうえ、向精神薬の副作用にも配慮して、必要性についても考慮していただけるのではないかと思います」

「精神科と神経内科ってそんなに違いがありますか？」

正一は怪訝そうに聞き返した。

「もちろん、精神科の先生でも認知症を専門的に診られている方もたくさんおられますが、どうしてもお薬の量が増える傾向があるみたいなので……」

正一は、大学の授業でかなり詳しく認知症のことを学んだことがあるので、藤井が暗に林医師のことを批判しているのだと感じた。

「なるほど、神経内科、それは名案ですね。今度川上先生に相談してみます」

正一は足早に病院を後にした。


翌日、正一は川上に面談を求め詰め所で対峙していた。

「先生、祖母の件ですが、おかげさまで、すっかり元気になって、昨日は久しぶりの対面を果たせたみたいに色んなことを話すことができました」

「そうですね、私も今日回診に行ったとき、とても元気そうに応対していただけました。実を申しますと、多恵さんが入院された翌日に義理の娘の奈穂子さんが来られて、アケソニアで出されていた処方薬の説明書を見せられて、認知症の症状で迷惑をかけたくないので同じ処方を続けてくれるよう頼まれました。私も今回の件では何かと勉強させていただいたので、奈穂子さんには、よく分かりましたとだけ伝えておきました。それで、向精神薬をはじめ投薬は一切行いませんでした。ところが、日ごとに回復が見られ、今ではもう普通の整形外科の患者さんと変わらないくらいです。本来なら薬を出して治療するところですが、今回は薬を止めて治療することができました。こんな経験は私の臨床経験でも初めてです」

川上は、正一のほうを向いて話していたが、まるで自身に言い聞かせているようでもあった。

「先生、差し出がましいようですが、祖母の様子を見ていると、とても認知症とは思えません。この際、神経内科の先生にコンサルトして、認知症かどうかの診断と祖母に出されていた薬が必要なのかどうか調べていただくことはできませんでしょうか」

「ああ、なるほど、うっかりしていました。神経内科だと器質的疾患から調べてもらえるので名案かもしれません」

正一の申し出は確かに出すぎていたかもしれないが、川上は多恵の前回の入院での病状の把握が適切にできていなかったことの引け目や林医師への反感などもあって、驚くほど素直に正一の提案に同調していた。

「当院には、幸い神経内科の専門医の前原ドクターがおられますので、紹介状を書いておきます。経過については追って連絡いたします」

川上からの依頼を受けた前原は、翌々日の外来診察日に多恵を病棟から呼び寄せた。ほんの数日前であれば、前原が多恵の病棟へ出向くところであったが、車椅子での移動が可能というので、外来での診察をすることとなった。

「大森多恵さんですね。神経内科の前原です。川上先生から紹介状をいただいています。具合のほうはいかがでしょうか?」

前原は、四〇歳前後。やせ型で眼鏡をかけた、仕事以外には趣味もなさそうなインテリ風の医師であった。多恵は、穏やかな表情で会釈をした。

「はい、特にこれといって具合の悪いところはありません」

「そうですか、それではこれからいくつか質問させていただきます。リラックスしてお答えください」

前原は多恵に問診と神経学的所見をてきぱきと行うと、頭部MRI検査をオーダーした。

「ご苦労様でした。来週の同じ時間に予約をしておきますので、結果を聞きに来てください」

多恵は、これまでも何度か同じような質問を受けたことを思い出しかけたが、なんだかとても遠い昔のような気がして、はっきりと思い出すことができなかった。

翌週の前原の外来には、多恵と正一、川上医師、藤井看護師が同席していた。前原は電子カルテの画面に映し出された頭部MRI写真を見せながら説明を始めた。

「今見てきましたように、大森多恵さんは年齢相応の軽度の萎縮がありますが海馬周辺には全く異常が見られません。梗塞巣や白質の病変も認められません。MMSE検査でも成績は良好です。結論を申し上げますと、認知症ではありません。むしろ年齢から見ると、認知機能は平均以上かと思われます」

「やはり、そうですか、そうだと思っていました」

正一は、漠然と抱いていた予想が当たったことに、我が意を得たりと言わんばかりであった。

「それから、大森多恵さんに処方されていた向精神薬の件ですが、正直驚きました。半減期を見ると一度飲んで効果が消失するのに二、三日はかかるので、体格のいい若年者でも初めてこれだけの薬を服用すると数日間はボーッとして眠り続けているのではないでしょうか。高齢者にこれだけの向精神薬を処方するのは取りようによっては傷害を加えているともいえるかもしれません」

前原の説明を聞いて、同席していた者たちは皆、驚きを禁じ得なかった。

「先生、大森さんは認知症ではないということで、今後は向精神薬の投与は必要ないということでよろしいでしょうか？」

川上は、整形外科医の立場から、時には神経内科と見解が相違することもしばしばであったが、このときは素直な生徒と化していた。

「現時点では、不眠とか不安とか、よほどのことがない限り必要はないと思います。その場合でも臨時の頓服処方に留めるべきでしょう。年齢や骨折治療中であることから向精神薬投与は慎重にすべきです」

前原は、しばらくの間、具体例を挙げながら、向精神薬のリスクを踏まえた投与の必要性について説明を加えた。正一は多恵が認知症でないと分かりホッとしていたが、前原の話を聞いているうちに浩一たちに対する憤りが込み上げてきていた。

多恵は藤井に車椅子を押されて正一とともに病室へ戻ると、リハビリ担当の岩槻が待っていた。

「多恵さん、こんにちは、リハビリのお迎えに来ました。外来受診後なので、少しゅっくりされてから出かけましょうか」

前回の入院のときにも多恵を担当していた岩槻が、今回もリハビリを担当することとなっていた。

「こちらは、ご家族の方ですか？　初めまして、多恵さんのリハビリを担当している岩槻と申します」

岩槻は、正一のほうを向いて挨拶をした。正一は、年齢が近く元気そうに話しかけてくる岩槻に好印象を抱いた。

「はい、孫の諸富です。祖母のリハビリを担当していただきありがとうございます。よろしくお願いします」

「本格的なリハビリは手術終了後になりますが、それまで寝たきり状態だと廃用性の筋委縮とかをきたしやすいので、簡単なリハビリを行うことになります。そうすることによって、入院で塞ぎがちな患者さんたちのメンタル面のフォローもできますので、できる限り少しでもリハビリを続けていただければと思っています」

正一は、岩槻がメンタル面と言ったことに妙に納得させられた。彼だと多恵の一連の経過を話しても理解してくれるのではないかと思い始めていた。そんなこともあって、正一は、岩槻が多恵をリハビリ訓練室へ連れていくのに付き添って話し込んでいた。正一はリハビリテーションにはことのほか興味をもっていたこともあり、岩槻にさまざまなことを質問していた。その後も、正一は多恵を見舞ったときには岩槻を見つけては話すようになっていた。

多恵の状態も安定し、手術を翌週に控えたある日、正一がいつものように病室を出ようとすると、岩槻が小走りに駆け寄ってきた。

「諸富さん、ちょっとお話が……というか提案があるのですが、お時間よろしいでしょうか」

正一は、岩槻が改まった表情で問いかけてくるので、何事なのだろうかと訝しんだ。

「えっ、はい、時間は大丈夫ですが」

「そうですか、それじゃ、ちょっとこちらのほうへ」

岩槻は、正一を東病棟のロビーへ案内して、窓側の対面のソファーに向かい合った。

「多恵さん、前回の入院のときとは打って変わって、別人のようにお元気になられているのですが、来週の手術の日が近づいて来ると不安なのか、何か気になることでもあるのか、時々塞ぎがちになる様子が見られています。それに、ちょっと気になることがありまして」

「気になることって、いったい何なのですか?」

岩槻は、いつか正一には言おうと思っていたことを打ち明けるいい機会だと思った。そこで、前回の入院時、多恵が西側のフロアに映し出された鮮やかな夕日が沈み込んでいくのを見てから元気がなくなっていったことや、それがあまりにも急激に様変わりしたので何か心の底に深い闇みたいなものを抱えていたのではないかなど、見たこと感じたこと全てを詳細に説明した。頷きながら聞き入っていた正一は、岩槻が、親身になって多恵のことを気にかけていてくれたことに感動して、自分も帰省してから見聞きしたことを全部話したほうがいいと思うようになっていた。

「お話を聞いていて、思い当たることがたくさんありました。今度はこちらの話を聞いていただけますか。私たちの身内の恥部になることかもしれませんが、この際なので、思い切ってお話しします」

岩槻は、正一の思いつめたような表情を見て何か驚くべきことでも話すのではないかと緊張した。正一は、決意したかのように、帰省してからのこと——多恵の実家を訪ねて、その後アケソニアで見聞きした一連の出来事を詳細に語りだした。岩槻は、正一の話を聞いて戦慄を覚えた。これまで、高齢者相手のリハビリも数多く経験していたが、こんな話は聞いたこともなかった、そんなことがあるなどとは想像すらできなかった。あまりにショックな出来事だったためか、岩槻は、話し終えた正一へどう声をかけていいのか言葉が見つからなかった。

「そうだったのですか」

これだけ言うのが精一杯であった。しばらくすると正一のほうから問いかけた。

「ところで、岩槻さん、先ほど提案とか言っておられましたが、それはどんなことですか?」

「あっ、そうでしたね。提案って言ってましたよね」

ようやく気を取り直した岩槻は、窓の外を指さして話し始めた。

「ここを見てください。ここは一〇階で、周りを遮る物がないので眺めがとてもいいでしょ」

「そうですね、病院とは思えない贅沢な眺望だと思います」

二人は、街のネオンに彩られ始めた夜景に見入っていた。

「提案というのは、実は……」

岩槻は、正一のほうへ顔を近づけると何やら詳細に語り始めた。正一は、それを時に笑顔を浮かべながら楽しそうに聞いていた。しばらくすると、二人は多恵の病室へ入っていった。

「大森さん、連絡が遅くなってすみません。実は、手術前に大事な治療がありまして、それが明日の朝早くということに急に決まりました」

多恵は、帰ったとばかり思っていた正一が岩槻と一緒に入ってきたので、何事だろうと怪訝な表情をした。

「驚かせてすみません、そんな大変な治療じゃありません。ただ、ちょっといつもより朝が早いだけなのでご心配には及びません」

「朝が早いって、何時頃のことなの?」

「おそらく五時過ぎには始まるかと思います。幸い私は今日当直当番なので、五時前にお迎えに参ります」

「五時って、また随分と早いわね。私は、その時間には目を覚ましていることもあるので平気だけど、いったいどんな治療になるの?」

「それは、今は申し上げないほうがいいかもしれません」

「今聞けないって、何かとんでもない怖い治療ということじゃないの?」

「そんなことはありません、ただ、こればかりはお天気次第というか、場合によっては延期になることもあるかもしれないので。……ともかくご心配するようなことは全くありません」

正一も多恵を安心させるために、急遽病室に泊まり込むことを決めていた。

「祖母ちゃん、突然の治療なんでびっくりしているかもしれないので、今日は、ここへ泊まることにしたよ。だから、安心していいよ」

「泊まるって、どこに？　ここにそんなところはないはずだけど」

「ほら、そこにソファーがあるじゃない」

正一はベッドのそばにある見舞い客用のソファーを指さした。

「ここに横になれば十分休めるって、だから、明日の治療を楽しみにして」

「治療を楽しみって、おかしなことを言うね」

岩槻は、多恵が了承してくれたのを確認すると、正一に念を押すような会釈をすると病室を出ていった。

翌朝、五時前に岩槻が多恵の病室を訪ねると、既に身繕いをした多恵が車椅子に乗って正一と共に待ち受けていた。

「お早うございます。お二人ともすっかり準備を整えられていますね。それでは、出発しましょう」

治療だというのに、岩槻がまるで旅行にでも出かけるかのように快活に「出発」などという言葉を発するのが多恵にはおかしかったが、そんなに恐れるものではないというのが伝わってきて、安心してついていった。多恵が連れられていったのは、東側ロビーの、前日に岩槻と正一が話し込んでいた眺めのいい窓側であった。

「多恵さん、どうですか、まだ薄暗いですが早朝の清々しさが溢れているでしょ」

「そうだね、朝早くからこんなに高いところから外の景色を眺めるなんて、あまり経験したことがないかもしれないわね……」

多恵はそう言いながら、ざわざわした胸騒ぎを感じ始めていた。外はまだ朝とは思えないほどの暗さで、時計がなければ夕暮れ時と言ってもいいほどだ。前回の入院のときに見た夕焼けのことを思い出し始めたのかもしれない。

正一と岩槻は、そんな多恵の様子を察して両サイドから多恵の肩に優しく手を置いた。一〇分ほどすると、だんだんとあたりが白み始め、ロビーへ薄明かりが灯りだした。さらに数分すると、地平線の彼方から赤みを帯びた炎の塊が姿を見せ始めた。鮮やかな日の出であった。勢いを増した炎の塊は地平線の上に全身を現した。ロビーは先ほどまでの薄明かりから全体が燃え上がったかのように赤々となり、曙光が三人の姿を照らし出した。それは、瞬時の出来事であった。

多恵は、全てを悟り始めていた。正一と岩槻がわざわざ自分を早朝に連れ出してくれたのは、何もかも見通してのことに違いないと確信した。

鮮やかに照らし出された朝日を見ていると、些細なことはどうでもいいような気がしてきた。浩一や奈穂子への憤りも、どこかへ消し飛んでいくようであった。こうして今そばに二人がいてくれることを、何よりも幸せに感じていた。

多恵の瞼から大粒の涙がこぼれ始めた。それは、前回の悲しみに打ちひしがれた涙とは違い、嬉しさに溢れる涙であった。あるいはまた、それまでの嫌な思い、つらい思いをしたことを全部洗い流す涙だったのかもしれない。

三人は、何も言わずに朝日を眺め続けていた。

病棟の朝食の準備が始まり慌ただしくなるまでに、まだ一時間近くあった。

〈了〉

著者プロフィール
渡辺 徹也（わたなべ てつや）
大阪医科大学卒業後、大学附属病院で研修。森田療法に感銘を受けて精神科医を志していたため、精神神経科へ入局。その後、プライマリケアの必要性から国立大阪病院で麻酔科研修。精神疾患の患者さんと接するうちに器質的疾患の重要性を知り、神経内科を学ぶため京都大学大学院へ入学。在学時、神経内科専門医、東洋医学会漢方専門医、老年医学会専門医取得。医学博士課程修了後、大阪市内の病院で内科医として勤務。勤務中、内科学会総合内科専門医を取得。総合内科、漢方外来を担当。その間心身医学会の研修プログラムをこなし、心身医学会、心療内科学会専門医を取得。その後、精神科専門病院勤務を経て、精神保健指定医、精神神経学会専門医を取得。ゴックリニック（大阪市）への勤務をきっかけに、2016年１月より、大阪市中央区で独立開業にいたる。
著書に、『最近疲れが抜けない。それ、眠いだるい病かもしれません』（廣済堂出版、2017年）、『自分でスッキリ！ 眠気とだるさ』（辰巳出版、2017年）、『心療内科とは何か』（幻冬舎ルネッサンス、2020年）がある。

薄明《はくみょう》

2023年９月15日　初版第１刷発行

著　者　渡辺 徹也
発行者　瓜谷 綱延
発行所　株式会社文芸社
〒160-0022　東京都新宿区新宿１－10－１
電話　03-5369-3060（代表）
03-5369-2299（販売）

印刷所　図書印刷株式会社

ISBN978-4-286-24347-4